U0554178

健康的日子

すこやかな日々

文・堺雅人

さかい まさと

[日] 堺雅人 著

郭晓丽 译

人民文学出版社

著作权合同登记号 图字 01—2021—7201

『文·堺雅人 2　すこやかな日々』

图书在版编目(CIP)数据

文·堺雅人健康的日子/
(日)堺雅人著；郭晓丽译.
—北京：人民文学出版社，2022
ISBN 978-7-02-014752-6

Ⅰ.①文… Ⅱ.①堺…②郭…
Ⅲ.①散文集—日本—现代
Ⅳ.①I313.65

中国版本图书馆CIP数据核字
（2018）第278380号

责任编辑　陈　旻　翟　灿
书籍设计　陶　雷
责任印制　苏文强
装帧摄影·彩色摄影　江森康之

出版发行　人民文学出版社
社　　址　北京市朝内大街166号
邮政编码　100705

印　　刷　北京盛通印刷股份有限公司
经　　销　全国新华书店等

字　　数　90千字
开　　本　787毫米×1092毫米　1/32
印　　张　7.5
印　　数　1—6000
版　　次　2014年11月北京第1版
印　　次　2022年2月第1次印刷
书　　号　978-7-02-014752-6
定　　价　59.00元

如有印装质量问题,请与本社图书销售中心调换。
电话:010-65233595

目次

　　本书系由杂志《CREA》二〇〇九年十月号至二〇一三年四月号上连载的《月记》修改而成。其中《身体》一篇，以在已故的边见纯女士主办的和歌杂志《弦GEN》十七号（二〇一一年十月二十七日发行）上刊登的报道为基础撰写而成。

身体（代序）

不知从什么时候开始，我对自己所扮演人物的注意力，全部都集中到了"身体"上。

在拿到新的剧本时，往往会一边读，一边想："这个人的身体会是怎样的呢？"最先考虑的就是这个问题。就像之前，我曾演过一个角色，身份是二战刚刚结束后的政府财政官员。听到这件事时，出现在我脑海中的第一印象，就是他"脸色很差，稍微有些营养失调，眼神锐利"的样子。一个月之后，接到了另一个角色，是一位习剑之人。我反复考虑的也还是这些事情：

"这人的体形，该是下面哪一种呢？

"① 体格健壮的健美运动员类型；

"② 身形矫健、没有赘肉的禅僧类型；

"③ 身体充满弹性，体形柔美，骨肉停匀，就像奈良兴福寺的阿修罗像那种类型。"

当然，我也很少会正儿八经地去改造身体。大多数时候，都是利用开机之前的时间，要么吃胖些，要么瘦些，再就是练些肌肉出来，也就是这种程度的改变而已。这些努力在影视作品中表现出来的效果，可能也并不像我自己所想的那么明显吧。

即使如此，当接触到新角色时，我还是忍不住在第一时间考虑人物的身体情况。思虑过甚时，甚至会想："财政官员比较瘦，剑豪会胖一些，这样看来需要在这方面多花些时间呢"，以至于到了要制定长期身体规划的地步。我从什么时候开始变成这样了呢？

时至今日，记忆已经非常模糊了，但感觉以前的我更加重视"身体以外的东西"。比如说在很久以前，首先考虑的估计会是"性格"。亲切和蔼，冷酷漠然，自尊心强。蛮不讲理，粗鲁草率，优柔寡断。我会列出几个这样的形容词或形容动词，从中选出自己认为恰当的性格特点。

此外，有一个时期，我还会最先考虑角色人物的"历史"。在哪里出生的，家庭成员有哪些，父母从事什么样的工作，会看什么样的书，有什么样的娱乐活动。

"感情"方面怎么样？悲伤，愤怒，妒火中烧，还是心怀怜悯？这一人物内心深处是什么样的，等等。

还会考虑人物的"嗜好"，像喜欢的食物，喜欢的异性类型。兴趣何在？有何特长？休息日都做什么？

不知为何，也不知从何时起，我在思考所扮演的角色时，把这些"眼睛看不见的方面"都推到一边去了。

不，我要好好回忆，不能老说"不知从何时起"这种模棱两可的话。我到底是从什么时候开始变成重视身体的演员了呢？

四年之前的戒烟，有可能是我转变的契机。当时我正在扮演一位厨师，觉得体形胖乎乎的才好，于是戒掉了已经吸了十五年的香烟。停止摄取尼古丁，和试图控制自己的身体，这两件事情之间究竟有无关联呢？

不，还有可能是在那之前，在我扮演急救医生的时候，开始对身体产生了浓厚的兴趣。演这个角色的时候我还减肥了。当时工作过于繁重，几乎不能按时好好吃饭，我觉得那样的环境非常适合减肥。周围的工作人员们都对我说着"变得精悍了呢"之类的话，这让我感觉心情舒畅，窃喜不已。

又或者，开始注重身体的时间，还得向前追溯一年，大约是在二〇〇七年的春天吧。听说出演的电视剧里有床戏的镜头，我赶紧报名参加了一个健身俱乐部。当办完了所有的入会手续，在第一次训练完回去的路上，接到电话说"裸体的镜头取消了"。听到这个消息的那一刻，我恨不得把会员证从钱包里拽出来，狠狠摔到地上。感觉实在太窝火了。此后，我本着必须捞回本儿来的原则，继续去健身房锻炼。

近年来人们对身体越来越重视，好像并个仅限于我一个人。在街上经常会看到健身俱乐部的招牌，对吸烟者的抵制也逐年愈演愈烈。专营天然绿色食品的餐厅也多起来了。据说在美国，有的公司甚至把"身材是否苗条"作为职员晋升的条件。在日本也是，当要判断"那是一个怎样的人"的时候，身体已经成为一个非常重要的指标。

这些变化到底是好是坏，我也说不上来。如果就我的工作来说，有的人会说这是"用一种新的观点来把握角色人物"。与之相对，也会有人认为这是一种过于肤浅的观点吧。

如果说演员堺雅人重视身体的代价是失去了某些东西，那么究竟失去了什么呢？那一定是"身体的反义词"，像头脑，语言表达，或者心灵。想到这里，不禁让人心生恐惧。

本书收录的是从二〇〇九年秋天到二〇一三年春天之间，每月在女性杂志《CREA》上刊载的文章。就个人经历而言，正好是从我戒烟时开始连载的。那段时间里，或许我正一步步地向着健康迈进，作为代价，我也一点点地失去了一些东西。读者们把这些文字当成人体实验的记录来读，也未尝不可。题目定为《健康的日子》。

敬请赏阅。

油炸豆腐

　　油炸豆腐是把豆腐用油炸过制成的食品，这件事情我是最近才知道的。

　　这种事情应该是路人皆知的吧，但如果非要按照词典风格对油炸豆腐做出解释，就是"把豆腐切成薄片后控干水分，用油炸制而成"。说来惭愧，我长到三十几岁了，之前却对此一无所知。更为准确地说，油炸豆腐是用什么炸成的这类问题，我好像从来都没有去想过。

　　总之，在这之前，我并不认为油炸豆腐是什么"正儿八经的食材"。油炸豆腐常被添加到味噌汤里，总觉得它作为食物只有凑数或是凑热闹的份儿。当用油炸豆腐做成的菜品摆到面前时，常会感叹"用这样的食材也能做菜，太了不起了"，忍不住心生敬佩。说不上喜欢还是讨厌，甚至都没有认认真真地品尝过——作为食物，没有比这更甚的屈辱了吧。

　　这样，当我认识到了油炸豆腐的"真容"之后，简直如同赎罪一般，一个劲儿地吃油炸豆腐。虽说这是后知后觉，但我发现无论是放到味噌汤里，还是直接炒来吃，油炸豆腐都非常美味。就着炸成焦黄色的豆腐，小酌一壶日本酒，这是怎样一种"理想的成年人生活"图景啊。我对油炸豆腐的喜好到了如此程度。

话虽如此，细细想来，油炸豆腐是一种面向家庭料理的食材。放在家里的冰箱里，想吃时顺手就可以做，非常方便。但是如果出门在外时突然想吃了，多少还是有些难办的吧。

今年五六月间，因为电影《金色梦乡》的拍摄，我在仙台待了很长时间。连续在外就餐，又吃了一阵便当之后，大概是一周之后的一个晚上，终于出现了"戒断症状"。我开始疯狂想念油炸豆腐，无论如何都想吃到。

平常我一般不会一个人去街上的小酒馆，但这次情况特殊，只好硬着头皮去了。我特地找了一家看着很有家庭氛围的店走了进去。点了海鞘啊牡蛎啊这些常见基本菜品后，我尽量装出随意、自然的样子说："还有，有油炸豆腐吧，能给稍微烤一下吗？"像这样点菜单上没有的菜，也不是我的风格。难道说油炸豆腐是要把我带到成年人的下一个阶段里吗？

还好，貌似在这家店里经常有人会点油炸豆腐。"炸三角已经卖完了，只有普通的油炸豆腐了，您看可以吗？"笑容可掬的老板娘招呼我说。我当然没有异议。

在这里，我第一次听说了仙台市民们情有独钟的美味"三角定义油炸豆腐"。

定义山西方寺位于仙台市郊的群山之间，从仙台市中心驱车向西，一个小时左右即到。据说是一位名为平贞能的武将，在坛之浦之战①后，为了凭吊安德天皇②及平家一门，修建了这座寺庙。

周边有瑞凤殿、大崎八幡、盐灶神社等古迹，很多建筑都是璀璨华丽的桃山样式，而西方寺却独给人一种质朴刚健的感觉。我在五月底前去参拜，初夏的小雨打湿了山门，让人想起古代武士的风格。

目的地"定义豆腐店"位于土产店林立的商业街上的一个角落里。老店创业于明治二十三年（一八九〇年），其招牌产品油炸豆腐，足有成年人的手掌那么大，而且很厚，厚到让人误以为这是油豆腐块儿。可能是豆腐的水分已经仔细控干的缘故，入口时感觉清淡爽口，醇厚地道。现炸现卖，一百二十日元一块。顾客们可以坐在店里摆好的桌子旁，根据自己的口味，在热气腾腾的油炸豆腐上撒上七味粉和酱油，慢慢享用。

自镰仓时代至今，在寺庙周边形成了很多颇具历史渊源

①　坛之浦之战发生于日本平安时代末期，为源平合战的最终战役，也是宣告平家一族战败灭亡的最终战役。

②　安德天皇（1178—1185），高仓天皇的长子，其母是平清盛的女儿平德子。坛之浦之战中，平家战败后，被外祖母抱着投水身亡。

的名胜，像供奉贞能的庙宇，以及能够保佑有情人喜结良缘的两棵大榉树等。但是本地的名特产三角定义油炸豆腐，好像并没有要去和那些历史啊说头啊扯上关系的意思。那里完全没有"日本精进料理①的精神是……"或"大豆是低卡路里的健康食材……"这样的说明，颇具"不知不觉间成了名特产"这般的淡泊之情。当然，油炸豆腐本来就无需那样的自我宣传，把薄薄的豆腐控干水分后用油炸好，这就足够了。进而言之，甚至都没有必要高声宣扬这是用豆腐炸制而成的事实。即使会被误解，会被人看低，到头来羞红了脸心存愧疚的，也还是曾把油炸豆腐看低了的那一方。

这样想来，仿佛觉得油炸豆腐堪称理想的成年人的象征了，但这种想法对于油炸豆腐而言，估计也是无关痛痒的小事吧。

"在仙台有幸品尝到了美味的油炸豆腐"，这就是我此次最想告诉大家的。

---

① 日本精进料理是源自寺庙的一种料理体系，主要食材是蔬菜、豆类和谷物。

味噌拉面

我对味噌拉面的感情，即使没有到轻蔑的程度，至少也是不以为意的，一直以来我都这么认为。和酱油拉面、盐味拉面、猪骨浓汤拉面这些口味相比，味噌拉面总是略逊一筹，这种想法在我心里根深蒂固，不容我否认。

写下上面这些话，肯定会引来很多味噌拉面爱好者的唾弃吧。他们会说：

"你对味噌拉面才有多少了解？"

"你恐怕还从未吃到过真正美味的味噌拉面吧。"

遗憾的是，我并没有什么言词可以去反驳人家。对于味噌拉面，我确实所知甚少。

怀有这种先入之见的我，第一次意识到味噌拉面的重要性，是在录制电视剧《官僚们的夏天》的摄影棚食堂吃午饭的时候。邻桌的化妆师正在吃一碗味噌拉面。问了之后才知道，在她看来，味噌拉面属于"在重要的时候才会吃的、稍显奢华的拉面"。从价格上来看，确实要比盐味拉面或酱油拉面贵上五十日元左右（之前我甚至连味噌拉面的价格都是不闻不问的）。就这样，我发现了隐藏在自己体内的对味噌拉面的歧视。

"加上味噌酱料以后，岂不是所有的汤都变成一种味道啦！"我会对味噌拉面持有偏见，从根本上来说就是因为怀有这种想法。

"莫不是要靠味道强烈的调味料，来掩盖其他一些重要的东西？"说我对味噌拉面有这样的疑虑，也未尝不可。如同为了掩饰开始冷却的爱情而努力堆砌起来的华丽词藻，又或者是用来腌制鲜度尽失的鱼类而加入的西京酱菜的大酱。这与重视纯度和素材本来味道的价值观相去甚远。恐怕这就是我心目中的"味噌拉面"的样子。

这种轻视味噌拉面的感情，可能与我自幼成长的土地——九州——不无关系。众所周知，九州地方的代表性拉面是猪骨汤面，某种意义上来看，这可以称为是和味噌拉面分处两个极端的拉面了吧。如果把拉面的汤分成两大要素，即"汤汁"和"调味料"，那么猪骨拉面和味噌拉面分别堪称"汤汁"类和"调味料"类的代表选手。从地理上来看，九州与味噌拉面的发源地北海道正好一南一北，中间隔着本州大岛遥相对峙。我和味噌拉面之间，难道真是存在着一条无法填埋的鸿沟吗？

写到这里，我想改变一下话题，跳到音乐方面去。前些日子，我有幸去武道馆看了 RIP SLYME^① 的现场演唱会。

对于音乐，特别是嘻哈音乐，我是彻彻底底的门外汉（这种无知，和对于味噌拉面的无知还不是一个层次上的）。只是因为和 RIP SLYME 的各位成员同属一家事务所，才多次受到邀请得以去感受现场。这种水平的我来谈论演唱会，确实有不自量力之嫌。在我看来，这次舞台的最大特色，应该是"厚重的层次感"吧。舞台上除五位乐队成员外，还站着十位乐队伴奏，当真热闹非凡。

RIP SLYME 乐队成员里本来就有一名 DJ，即使不加现场伴奏乐队，他们五个人也完全能够独立演奏。说得极端一些，只要 DJ 把曲子播放出来，另外四个人来演唱，他们的音乐就足够出彩了。但此次共有十种音色，不仅在音乐上，在各种意义上都呈现出了"厚重的舞台感"。这种"厚重"，给我以丰富、奢华、极度潇洒之感。宛如能够容纳异质事物的宽厚胸怀，接纳进来却又能够坚若磐石，不为所动，足够强大——就是这种洒脱。换言之，是对多种要素做"加法"运算得出的丰富多彩。

这样说来，一直以来我都是以"减法"式思维来对待自己的工作。大多数时候我会考虑"这幕场景至少需要哪些要

---

① 日本著名的嘻哈乐队。

素才能成立呢"这类问题。这种减法式的思考，注重的是纯粹度，坚持简单的素材本来的味道。当然这样也不错，但是，"把所有美味的要素全部加进去"这样的味噌拉面式的加法式思维，或许也是成年人特有的魅力之所在。

我在食堂里一边吃着味噌拉面，一边想着这些事情。

"只要是拉面，哪种味道的都很好吃。"

嗯，就拉面本身来说的话，好像确实如此吧。

味噌拉面，四百日元。

不成文的规矩

正值舞台剧演出期间，我现在正在参加"剧团☆新感线"的公演。

这台戏剧的排练从八月底就开始了，十月在东京，十一月在大阪，不间断地演下去。之后的一段时间，我的生活估计都要围着舞台这一中心来转了。

这次的作品中充满了武打场面。可能是这个原因，自排练开始以后，我的整个脑子都被"身体"这一件事情占满了。

"早饭吃意大利面对身体好"，听到有人这样说，我就会睡眼惺忪地起来煮意大利面。"应该吃些水果作为零食"，一听到这个信息，我就赶忙买了水果带到排练场去。此外，"运动过后应该补充氨基酸粉""做腹肌运动能预防腰部疼痛"等各种说法不断入耳。我的兴趣雷达只朝着身体这一个方向搜集信息，"消除疲劳"和"滋养强壮"以外的任何事情，都不能引起我的丝毫关注。这样是否健康呢？我无暇顾及这个问题，只是一味继续着这样的生活。

因为这个缘故，我特别担心这个月月记截稿日期的到来。虽说每次动笔都很迟，但这次更加窘迫，脑子里全部都是身体这一件事情,对于"语言"提不起丝毫的兴趣。当幕布拉开、开始表演时,心情能够稍稍沉静下来,但在排练时却根本静不下心来。夸张一点来说,在整个九月里,我几乎没有想到过语言表达这回事儿,只是默默地、不断地在活动着身体。

当然,戏剧里面的台词是一种非常重要的语言表达手段。但这种"表现为文字的语言",只是整个戏剧的冰山一角而已。举个例子来说,我在一个场景中的表演如下:

① 在舞台中央,背朝观众坐着;

② 用刀从右到左横扫对手的脚底;

③ 把刀扛到左肩;

④ 一边向右转身;

⑤ 一边快速地挥舞大刀两次。

全部都是动作场面。与其用嘴巴一一来讲述,不如多加练习,不断重复,还是快速用身体记住这些动作为佳。

不,准确来说,在刚开始练习时语言是非常必要的。我对各个武打动作并不熟悉,还达不到仅靠看武术指导示范就能够记住全部动作的程度。实际上我就是像上面那样,用语言把一个一个的动作记录下来。但是,像这种说明性的文字,还是应该尽早抛开为好。

"虽然只是一个人站的位置稍微挪动了一点儿,但整体效果就都对上了",经常会出现这样的情况。在舞台表演上,那种无法用语言传达出来的信息，是极为重要的。

这样说来，我们的职业用英语来讲是"actor"（演员）。这个词可能与是否有"action"（动作）场面并无关系，而是指这个工作的很大一部分无法用语言表达，而需要用"act"（行为）来加以表现。

这次还意识到了一点，迄今为止我被其他剧团邀去客串演出的经历不多。我参加的大都是演出组织的公演，是演出方负责召集各路人马的那种类型。

单纯就演技而言，演出方公演也好，去别的剧团客串也好，并无太大区别。二者之间的差别非常微妙，打个比方来讲，前者像"分班"，后者更像"转校"。

当全体演职员相互之间都要说"初次见面，请多关照"时，就好比是刚刚分完班之后的新生教育。这时需要有说明性的文字规定，即大家相互协商而成的文字，以便确认规则。这种情况下，如同制定法律一般，规则被一次性地明确成语言文字。

与此相对，当只有少数人是"初次见面"的新人时，对规则的说明通常会被省略掉。在同一个班集体中度过的时间越长，形成的规则就越细，量也越来越可观，因此不太可能把所有的规矩一一解释给转校生听。转校生能够做的，就是自己察言观色，以求尽快理解那些不成文的、所在班级特有的"法律"。

我现在参加的"剧团☆新感线"，是一个明年即将迎来三十周年纪念的老牌剧团。当我作为剧团的忠实观众坐在看台上时，这个剧团所独有的每一条细密的规矩都显得新鲜而动人。后面我需要做的，是默默地把自己的时间和精力投入到剧团中。如果我能够让身为异类的自己静静地、慢慢地尽量感受剧团的一切，那么那些规矩，肯定会以语言之外的别的什么形式，让我领悟到它们的存在。

这样看来，今后我估计要度过一段疏于言辞的日子了。这会给每月的连载带来什么影响，尚不得而知。

要是每月都能按时交稿该多好啊。

化妆的样图。每次
我都是参考这张图
样给自己化妆。

漫不经心的身材

前些日子，我主演的电影公映了。下面是一条描述当时情况的娱乐新闻。

——本月十号，电影《库希欧大佐》的舞台首映礼在涉谷 CINE QUINTO 电影院举行，堺雅人、松雪泰子以及导演吉田大八等人出席了首映礼。松雪此次扮演的女性角色，对堺雅人所饰的结婚欺诈师一直怀有纯粹的爱情，始终如一。最让松雪印象深刻的，是两人在温泉旅馆对峙时的场面。"堺先生一直在休息室里看 Drif（指 The Drifters[①]）的特别节目（笑）。说是觉得志村健先生的腹部曲线特别性感……"松雪爆出了堺雅人不为人知的"癖好"，整个会场爆笑不断。（引自二〇〇九年十月十三日《今日电影》的报道。后略。）

上面说到的 The Drifters 的事情，发生在箱根的温泉旅馆

[①] 日本乐团，同时也是搞笑组合。早期以乐团身份活动，后期则转为搞笑组合。

里。当时是三月底，拍摄日程已接近尾声，大家连续三天住在宾馆里赶着拍摄。我和松雪待在剧组用作休息室的一个宾馆房间里，一边等现场的拍摄准备，一边聊聊天看看电视什么的。结果那天晚上电视里正在播《八点！全员集合》的汇总特集。

《全员集合》是我小时候特别爱看的节目。那天刚开始看时，只是觉得非常怀旧；慢慢看着看着，不知怎么特别留意起了参加演出的各位艺人的"身材"。怎么说呢，参加演出的各位的身材，都处于完全"不设防"的状态。我紧紧盯着志村健先生那肥嘟嘟的小肚子看了好长时间，目不转睛。

画面上的志村先生看起来三十五岁左右的样子。照理来说和现在的我应该没有多大区别。志村先生曾是日本的国民偶像，他的身材在当时应该属于"体形优美"级别的吧。但是按照三十年后的今天的审美来看，说是朴素也好自然也好，看起来确实是"没有用心"保持身材。这种情况并不仅限于志村先生一人，作为嘉宾登台的各位明星们好像都对自己的身材不甚在意，整场都是那样一种氛围（难得的是，《全员集合》中专门设置了一个让大家表演体操的环节，这对我的观察非常有利）。

当然我自己的身材也不怎么出众，并没有资格对别人指指点点。我想说的是，"和现在相比，当时的成年人好像对身材一事并不怎么上心"。

大家对肥胖和吸烟等格外警觉，给予身材特别的关注，应该是近十年以来突然猛增的事情。"用心保养的身材"，和没有保养的身材相比，给人的印象是截然不同的。而且这种印象必定是两方面的，既有积极的一面，让人觉得"非常用心，身材端正"；也会有消极的一面，"过于神经质，丧失了原有的劲头和生命力"。不管怎样，那时在电视上看到的三十年前的身材，确实令人觉得很棒。

"人的身体会随着时代不同而发生如此巨大的变化。不论哪种类型的身材，都自有其独特魅力。"那天晚上我之所以会如是想，或许是因为我正苦恼于自己在电影中扮演的人物该是何种身材类型这一问题。

《库希欧大佐》是以二十世纪八十年代真实存在过的结婚欺诈师为原型的作品。第一次读剧本时，这个人物在我心中唤起了类似于"中年男人的悲哀"般的情感。从体型来看，是松弛懒散、身材开始变形的形象。但是剧本中又明确地指出，他能够"长时间不间断地做俯卧撑"，那他应该还是在锻炼身体的。在我犹豫不决的时候，电影开拍了。

结果，到拍摄时我决定不偏不倚，希望拍成"是在锻炼身体呢，还是慵懒散漫呢，在这方面并不为人所知的身体"那种效果。这样把握人物是不是正确，到现在我也无从知晓。

话说回来，从一开始就孜孜不倦地考虑"扮演的人物会是什么样的身材类型"这类问题，这本身就是对身材过于神经质的证据。

这也可以说是一种现代病吧。

在《库希欧大佐》拍摄现场

和吉田大八导演一起

香 烟

舞台公演结束了。

东京和大阪。两个月左右的时间。一共五十八场演出。这部作品中有很多武打格斗的场面，值得庆幸的是，大家并没有在演出中受伤，也没有感染流行性感冒，全部平平安安地迎来了演出结束的日子。可喜可贺，可喜可贺！

想来在从排练到演出的这三个月里，我仿佛每时每刻都只在想身体这一件事情。尽量不要受伤，不要染上感冒，心里面总有一根弦紧绷着，提心吊胆。在这期间，我几乎没怎么读书，也没好好看过电影和电视剧。每天的支出，都是在营养补品、护具、按摩或吃饭等这些"与身体相关"的事情上。这种以身体为中心的生活，现在总算告一段落了。

公演结束了，有一件事情我却没了主意。此前我已经坚持戒烟一年多了，后面该怎么办呢？我当然知道吸烟不利于健康，但之前不经意间给自己戒烟定的期限，就是"等到演出结束为止"。

电影《南极料理人》是我戒烟的契机。我在里面演一位厨师,脸蛋胖乎乎的、容光焕发的形象才是厨师该有的样子吧。而且已经定好了要去冰天雪地里拍摄外景,稍稍积累一些皮下脂肪肯定没错。反正是要胖起来了,顺便试试戒烟如何,这样想着想着就开始戒烟了。

是不是看起来有了厨师的样子,这我不能确定,但在体重方面的效果却立竿见影,一个月就胖了整整十公斤。人们经常会说"戒烟必胖",看来确实是经验之谈。我原本以为整件事情会按照下面的顺序进行:"戒烟→味觉变得敏感→吃嘛嘛香→变胖"。但实际情况却不尽相同,至少我个人戒烟的时候变成了:"戒烟→失去了乐趣→只好把全部兴致都放到了吃饭上→变胖"。刚开始戒烟的时候,还掺杂着这样的情况:"饭后一袋烟的逍遥消失无踪→完全不知道该何时停止吃饭为好→拖拖拉拉地吃个不停→变胖"。将近十五年的吸烟史,好像让我忘记了这样一个事实:"当眼前的食物全部吃完时,进食就该自动终止。"以前每当吃完饭后,马上就会开始吸烟这一自发性行为,这让我觉得是以自己的意志来决定结束进食,陷入到这样一种近乎傲慢的错觉中。

无论如何,"在每天的生活中,充分感受吃饭的价值",对我而言是很新鲜的体验。在我内心的某个地方藏着一个想法,认为整天对食物想这想那是"贪婪"的表现。身体喊着"要吃美味的食物",头脑中的另一个声音却认为那是贪婪而加以制止。

戒烟之后，身体变得强壮了，好像"身体的声音"也随之暂时提高了音量。在外吃饭时非常仔细地研究起菜单来，也会认真思考"现在我想吃些什么"这一问题。

当然，这种变化也有好坏两个方面。"和自己的身体会话交流"，这种想法让自己自我感觉良好，觉得甚是有型；另一方面，对着菜单喜忧参半，会让人以为我很贪吃，这也是没办法的事情。嘿，可能也是程度的问题吧。

细细想来，吸烟不就是"在自己喜欢的时候，把尼古丁这种毒素吸入体内"这样一种行为吗？此外，还会产生一种"能控制自己身体"的感觉，或者说是产生"控制身体的错觉"。当然，我深知吸烟对于身体"有百害而无一利"，我这些话都是在此基础之上展开的。

虽然我关于戒烟想了这么多东西，《南极料理人》拍摄完成之后我也没有再吸烟。为了电影《金色梦乡》的拍摄，今年初夏在仙台四处奔走。秋天接着参加了舞台剧《蛮幽鬼》的演出，里面有很多动作场面。需要劳动身体的工作接连不断，不知不觉间就错过了重新开始吸烟的机会。

现在舞台演出也结束了，再没有了戒烟的理由。对于吸烟一事的考察，现在才算真正开始了。

电影《南极料理人》在网走拍外景

去网走监狱博物馆参观

香烟与近代

　　要不要把戒掉的香烟再重新拾起来呢，在我犹豫不决之间迎来了新年。戒烟始于前年年底，算来整整一年了。从二十岁开始吸烟以来，这样长时间的戒烟还是第一次。

　　二十岁正好也是我真正开始演戏的年龄。这样说来，我作为演员所做的大部分工作，都是一边吸烟一边完成的。

　　如此一想，难免有种不可思议的感觉。香烟是否对我的表演产生了一些影响呢？在我戒烟的二〇〇九年里，演技是否发生了一些变化？

　　众所周知，烟草是一种原产于美洲大陆的植物。在大航海时代，它和马铃薯、玉米等作物一同传到了欧洲，进而在全世界推广开来。

　　将尼古丁摄入体内的吸烟行为，或许还会产生一种"能控制自己身体"的感觉，或者说是产生"控制身体的错觉"。上回月记中极为偶然地写下了上面这句。这样想来，欧洲在大航海时代认识到了香烟，这件事情颇为有趣。当时的欧洲人正经历着漫长的航海和美洲移民，体验着之前身体完全没有体验过的非比寻常的严酷环境，这些可能要靠尼古丁的麻醉才能捱过去。

按此思路我们会发现另一个事实：大规模战争的出现，必会促进香烟的推广。便于吸食的纸烟，是以克里米亚战争为契机而得以普及的。大多数近代国家的军队中，都有向建立功绩的士兵奖励香烟的传统。人类学会了利用尼古丁来"控制身体"之后，愈发史无前例、变本加厉地过度驱使自己的身体。

根据上野坚实先生所著的《香烟的历史》（大修馆书店出版）一书，香烟传到欧洲大陆的具体时期很难确定；但可以肯定的是，在路易十三世时，香烟推广到了平民阶层，即十七世纪初叶时候的事情。

据此，我开始了下面的胡思乱想。试以"一六〇〇年"为界，在世界史年表上画一条粗粗的界线，把文化史分为"吸烟以前"和"以后"两部分。欧洲的文化名人中，哪些人吸烟，哪些人不吸呢？

达·芬奇（一五一九年去世）和米开朗基罗（一五六四年去世）等文艺复兴时期的巨匠，他们重新发现了肉体之美，从去世时间来看他们吸烟的可能性接近于零。难以判断的是鲁本斯（一六四〇年去世）和伦勃朗（一六六九年去世）这一时期的人。他们在绘画的明暗和构图上煞费苦心，试图在油画这一虚构的世界中创造出另一个自然。他们的时代，堪称开始实现飞跃的时代。到了梵高和塞尚等十九世纪印象派的时代，几乎所有画家都是吧嗒吧嗒吸着烟管的形象。

戏剧方面，莎士比亚（一六一六年去世）是否吸烟不得而知，而从以莫里哀（一六七三年去世）为代表的法国古典戏剧开始，各位剧作家应该都是吸烟的老手吧。稍微引用一下戏剧的专业性说法，古典戏剧的特征之一是"三一定律"。即要求在舞台上：

①时间不能跳跃；

②地点不能跳跃；

③故事情节不能跳跃。

"三一定律"的目的也是要把舞台这一虚构的世界尽力构筑得真实、自然。

再看音乐方面，巴赫（一七五〇年去世）和莫扎特（一七九一年去世）都是吸烟的。这些德意志人执着于把之前"大家一起欣赏"的乐曲记录、再现为准确的乐谱。他们努力去控制音乐这种本来只能在一时一地演奏的东西，一个新的时代由此开启。

思想史方面，笛卡尔的《方法论》于一六三七年出版。虽然不能确定笛卡尔是不是吸烟，但那句有名的格言"我思，故我在"，或许是他一边吸烟一边想到的也未可知。

由此看来，"近代绘画""近代戏剧""近代音乐""近代思想"都是以一六〇〇年为界而产生的——近代，就是头脑控制身体（或者说是人类控制自然），或者说是产生了控制的错觉的时代。假设这种说法成立，那么香烟催生出了近代这一说法也能够站得住脚喽。

在日本，根据前面所引的《香烟的历史》一书，香烟的流行始于庆长十二年（一六〇七年）前后，这一说法非常有力。在东京涩谷区的"香烟和盐的博物馆"中，喜爱香烟的文化人一栏里排列着林罗山、荻生徂徕、平贺源内、本居宣长等人的肖像画。他们都是江户文化的代表性人物。

进入明治时代以后，以森鸥外、夏目漱石为代表的大部分文学家都酷爱抽烟。就文学和电影这两大领域而言，我们接触到的日本名作，大都是在缓缓腾起的香烟缭绕之中诞生的。

这样想来，在小说家、作曲家、电影演职员等与"文化"相关的人们一致开始戒烟的当下，或许已经迎来了四百年一遇的变革期。

世界范围内的情况如何我并不了解，至少我周围的大多数"文化人"现在都戒烟了。以世界史的眼光来看，这难道不是堪称"近代的终结""新文艺复兴"的重大事件吗?

　　以上的种种异想天开是我自己开启的话题,即使如此,我也还是惊讶于话题之宏伟,想要停下来歇一口气。如果现在手上正夹着一支烟,那这种情况下在任一时点都可以停下来稍作休息了(或者说是产生了可以停下来的错觉)。

　　啊,真想抽上一支!

在电影《金色梦乡》的拍摄现场

健 康

在纠结到底要不要继续戒烟的时候，我对香烟本身产生了浓厚的兴趣，于是上月写了一篇关于香烟的历史的文章。

写是写了，之后却收到了杂志编辑的委婉告诫："写一些更容易读懂的题目就好了。"自己重新读了一遍上个月的文章，整个就像是一篇世界史的讲课笔记。编辑大人所言极是，遵命。真是非常抱歉。

香烟确实是上个月想写的内容之一。但当时我考虑的核心问题，应该是在"健康"方面。现在正好有机会回顾过去的一年——我的二〇〇九年的关键词，应该是"健康"吧，隐约之间这样觉得。

在《南极料理人》中演了一位厨师；为拍摄《金色梦乡》在仙台满街乱窜；参演的舞台剧《蛮幽鬼》中有很多武打动作。二〇〇九年里，因为这些作品的关系，我过得非常"健康"。经常运动，食欲也很好。可能大部分的时间都在考虑"身体"这一件事情。

去年还参演了另外两部影视作品，一部是描写八十年代的结婚欺诈帅的电影《库希欧大佐》，另一部是写五十年代通商产业省①官僚们施展抱负的电视剧《官僚们的夏天》。这两部作品的舞台并非现代，但为了让二〇〇九年的观众们看起来更加舒服，有意识地在当时的氛围中加大了"健康度""清洁度"等要素的分量。比如在《官僚们的夏天》一剧中，实际上大部分的主要人物都不吸烟。这是通过减少油腻、体臭等乌烟瘴气的成分，让观众更好地把感情移入到剧情中去，在演出上可谓煞费苦心。

再加上成功戒烟，我的二〇〇九年确实过得非常"健康"。这是我个人独有的现象呢，还是全世界人民的整体倾向呢，便不得而知了。

"健康"一词，在古时候还有"矫健""健壮"等说法。是取"率直""茁壮成长"等词中的"直"字之意。笔直、僵直、健硕、简单，"直"字中包含了以上多种细微的语气。"两腿发软"一词，在意思上虽然相反，指的也是两腿嗖的一下僵住了，动弹不得的那种状态。

"直"字的语气中，既有"坚强、率直、简洁之美"等好的一面，也有"不会融会贯通、自以为是、墨守成规"等不太招人喜欢的一面。出现在古代随笔集《徒然草》中的，就

----

① 通商产业省是日本旧中央省厅之一，负责制定产业政策，从事行业管理，是对产业界有很大影响的政府部门，于二〇〇一年改组为经济产业省。

是负面意义上的"直"。有一段讲的是，听一个关东人讲了京都人的坏话之后，作者以"不，且说关东人嘛……"等词句进行反驳（第一百四十一段）。

"其为人固诚而不善融通，又乏情分，且偏执顽固——（关东人嘛）内心中并没有余裕，缺少游戏之心。体察各种事情的心情嘛，根本谈不上……只是率直顽固而已。"

二〇〇九年完成的作品之一《金色梦乡》在前些日子公映了。故事讲的是一个男子被诬陷犯了暗杀首相之罪，迫不得已四处逃亡。

他以周围人们的善意为支撑，不断逃亡。那些都是不求回报的"匿名的善意"。但是，把他诬蔑成罪犯的，也是堪称"匿名的恶意"的黑暗力量。这样想来，不禁让人觉得，这个故事讲述的其实正是同一力量的表里两面。

在不断逃亡的主人公身上，形形色色的人托付了各种各样的意愿。他就是那样的一个男人，生性耿直，坦率，一个大好人。也正是这些品性，使他卷入到了各种意想不到的麻烦事中。

直爽坦率确实是好品质，但如果过于直率，也让人觉得有些可怕。如果在现在这个时代只是单纯地强调"直率"的好的一面，后果亦不堪设想。话说回来，艺术本来就是要从多种不同的角度去刻画、表现人生和世间百态，可以说正是"与爽快、坦率相距甚远的一种絮絮叨叨的行为"。

在辞旧迎新之际，我的脑子里一直在考虑这些事情，但直到现在也没能很好地理清思路。

可能这只是单纯的尼古丁戒断症状也未可知。

在京都拍摄电影《武士的家计簿》。拍戏间歇努力练习珠算。

在京都的咖啡馆写稿子

德 国

因为出演的电影《金色梦乡》要在柏林国际电影节展映，自二月十八日起我在德国待了两天。

这是我第一次参加海外的电影节，也是我个人的第一次柏林之行。出发之前，我四处搜集柏林市内观光的旅行指南，但能够找到的，大部分都是以"德国"为标题的旅行手册。几乎没有专门介绍柏林的书。即使有，也都是一些薄薄的小册子。与巴黎、伦敦等地相比，柏林似乎是一个观光景点较少的城市。

即使把薄薄的观光手册翻上几遍，称得上"这里就是大柏林"的代表性景点的，也就是勃兰登堡门、胜利纪念柱、柏林墙遗迹这些。再就是喝喝啤酒，吃吃香肠，这些都是能够充分感受柏林气息的活动。实际上，以上正是我在舞台致辞的间歇外出观光的全部内容。回到日本以后，也并没有什么觉得特别遗憾的地方。

与旅游城市相比，柏林更像是一个让人想"干点儿什么的地方"。第二次世界大战结束已有六十五年了。距东西德统一也已经过去了二十年。或许这是一个从现在开始将要创造历史的城市。

回国以后我才知道，德国这个国家是"联邦共和国"，各地具有很强的地方特色。除了首都柏林，德国还有汉堡、慕尼黑、科隆等大城市，每个地方都有着悠久的历史和丰厚的文化。柏林的观光手册之所以那么薄，这也是原因之一吧。

电影《金色梦乡》故事的舞台是仙台。同名小说原著（新潮社出版）中也是如此。

如好莱坞大片一般跌宕起伏的故事，结束在仙台这样一个地方都市中，这一事实让身为读者的我心生愉悦。这样的故事在自己生活的地方也可以上演，心中自有一种亲近之感。另一方面，认为"并非一定要发生在东京，这样就很好"，潜意识里对一极集中①怀有一种抵制情绪。不管怎样，这个电影在具有地方分权传统的德国上映，是再合适不过的了。

在读关于欧洲史的书和一些欧洲小说的时候，我时不时地会产生一种思绪，仿佛"在欧洲人头脑中的某个地方，现在依然留存着一千五百年前即已灭亡的'罗马帝国'的影子"。与现实的国境线不同，他们好像另外持有一张划有罗马帝国

---

① 一极集中，是指日本的政治、经济、文化、人口及社会资源过度集中于东京及其周边县。

疆域范围的地图。

有人说帝国中心位于意大利的某个地方，也有人说应该在法兰西。甚至还有人主张帝国中心位于二者之间某个模糊不定的地方。人们普遍认为，自己所居住的土地是否属于梦幻中的罗马帝国的领土，决定了那里属于"乡下还是都市"。

历史上，绝大部分的德国国土从未被纳入过罗马帝国的版图之中。在此意义上来讲确实是乡下，但又是那种"离帝国非常之近、触手可及"的、比较微妙的地区。按照幻想中的欧洲地图来说的话，是位于帝国领地边缘的、文明与野蛮交会的灰色地带。

像波兰、匈牙利那样远离梦幻罗马帝国的，反而会断了念想，努力建立自己的国家。那些心存幻想、模棱两可的"乡下"城市们，慢腾腾地联合起来，勉勉强强拼凑成一个国家——德国自古以来就是这样的一块土地。宛如处于火星和木星之间的小行星们连成的行星带，是这样一个国家。

再回到历史上，这一帝国的边境之地，每隔几百年会出现一次异常强大的团结。像中世纪的神圣罗马帝国，俾斯麦的普鲁士王国，以及希特勒的第三帝国等等。如同间歇性发作一般抱成一团的德意志，向着梦幻罗马帝国的中心发起了疾风骤雨般的攻击。那个时代如果有名为《德国》的旅行手册，一定是一部厚厚的大部头。当然，分裂和统一，哪个德国更好，我无法判断。一本旅行手册即可收录所有内容，就这点来说统一的德国好像更加便利一些；但如果考虑到纳粹党的罪行，又觉得分裂的德国更有益于和平。

听一位电影发行公司的人说，与戛纳电影节和威尼斯电影节相比，柏林电影节的氛围更为 Frank（直率、坦诚）。

据说戛纳电影节上充满了各种聚会和典礼；威尼斯电影节异常华丽，但日程安排等大会运营方面又略显笼统粗糙。这可能是意大利人国民性的体现吧。

质朴，刚健，市民化。简约，率直。不装腔作势，稍嫌朴素。和"帝国"之内举办的两大电影节相比，柏林国际电影节具有如上特色。说来"Frank"一词，本身即来源于日耳曼的一个部族名称。

对于像我这样从地球最东边的日本飞过来、首次参加欧洲电影节的演员来说，柏林电影节这种毫不做作的风格，实属可贵。

换做是在戛纳或威尼斯，人家可能会要求说"麻烦您牢牢记住我们的行事方法"，总觉得那里门槛太高（虽然我并不了解实际情况）。让人感觉如同贵族般难以接近，很受拘束。

当然，两座城市都位于梦幻罗马帝国的正中心，骄傲是理所当然的。在第二次世界大战中，日本误以为"和日耳曼人定能够互相理解"，却在战争中大败。身为这样的远东民族，依然这么一厢情愿，多少有些畏畏缩缩，却也无伤大雅。

　　是华丽的戛纳和威尼斯，还是轻松舒适的柏林？嗯，非要让我选择的话，还真有些伤脑筋。当然，现在并没有哪家电影节计划邀我前去。

这里就是柏林国际电影节的会场

在会场里

慎藏与龙马

我参加了一个电视节目，名为《走近真实的坂本龙马》。在节目拍摄过程中，今年春天我以记者身份去了高知、山口、下关、京都、名古屋、长崎、伦敦等地，四处行走。这是一次非常难得的机会和体验。

此次有机会能够好好考察幕府末期，令我兴奋不已。之前也曾参演过几部以幕府末期为舞台的影视作品，期间我好像养成了一个习惯，只会阅读那些和自己扮演的历史人物"有关"的资料。之前演过的，很多都是明治维新中的"失败者"角色，像德川幕府的将军、幕府末期武装组织新选组成员等。不知不觉间，我好像只是在倾听他们的主张，对其他各方不闻不问。

这次我是记者，是旁观者。对于倒幕一方的人物，也可以带着兴趣尽情地放手考察。这让我喜不自胜。

三吉慎藏，长州人氏，比龙马年长四岁。庆应二年（一八六六年），龙马在伏见的客栈寺田屋遭到了幕府的袭击。当时和龙马在一起的，正是慎藏。

当天夜里，客栈被近百人团团围住。据说当时阿龙[1]正在沐浴，发现被围后顾不得穿衣服就跑去通知龙马。如果这一轶闻属实，那么慎藏也成了有幸目睹过阿龙那温润如玉的肌肤的人。龙马以手枪应战，但手部却受了重伤。慎藏手持短枪一同浴血奋战，把意识模糊的龙马从后门救出。之后一路狂奔到萨摩藩邸，寻求保护。慎藏堪称龙马的救命恩人。

传说慎藏是用枪名人，枪术了得。寺田屋事件发生之前数日，在龙马的斡旋下萨摩藩和长州藩结成了"萨长同盟"密约。也有说法认为慎藏可能是长州藩为此给龙马配备的保镖。但是，从政治上来看，当时是长州人在京都最危险的一个时期。当京都召开萨长两藩的聚会时，也是龙马一个人单身赴会。为什么在寺田屋龙马会和慎藏在一起呢，这让人百思不得其解。

说两人"关系特别好，非同一般"，这种想法也未免太不专业了吧。

别的姑且不论，想象一下龙马、慎藏、阿龙这三人的关系，这就相当有趣。慎藏如何看待阿龙，龙马又是如何看待慎藏的呢？

庆应三年，当龙马在京都被暗杀时，阿龙人在下关。龙

---

[1] 坂本龙马之妻，当时两人尚未成婚，阿龙在寺田屋帮佣。

马把阿龙托付给了慎藏。"……万一发生了不幸，请您务必把阿龙送回老家……"在给慎藏的信中，龙马写下了上面的内容。把龙马的死讯告知阿龙的，应该也是慎藏吧。慎藏坚守约定，收留阿龙住了三个月之后，把她送回了位于高知的坂本家。慎藏在明治维新之后也活了很长时间，去世时年届七十一岁，以"谨严无双"的高名为世人称赞。

通常我几乎不会心存"我要扮演这个角色"之想。说得更准确些，我会努力控制自己不要那么想。演员本来就是一种被动的工作，基本上不可能由自己来决定要演什么角色。但是这次，可能是因为毫无负担地远远凝视着幕府末期这一时代的原因，我喜欢上了很多人物。调查越深入，我就越发想要演一个三吉慎藏那样的人物，真是难办啊。

顺便说一下，关于坂本龙马，他已经被塑造成了光彩夺目的大英雄，甚至让人觉得"是不是有些太过了呢"（当然这完全是题外话）。

不过，根据作家加来耕三先生等人的考察，"龙马并非剑术高手"的可能性很大。

历史上几乎没有龙马用刀作战的记录。留存下来的北辰一刀流的目录中，龙马一栏并非用剑，而是写着"长刀"，而且签名处也不是师父签的，只有三位女性的签名——这些是加来耕三先生上述说法的根据所在。如果真是这样，那么故事内容就会随之大变。

如果龙马并非剑豪，而是"西洋炮术专家"，事情会如何发展呢？当时，剑术道场所在的神田一带，是传授各种学问的有名的文教区。西洋炮术是当时最为先进的军事技术。诸藩纷纷让藩士学习炮术，但是碍于幕府的耳目，并不会明目张胆地公开行事。龙马也是偷偷在学，这不足为奇。

对以习剑为掩护，其实是在学习炮术的龙马，剑术道场的姑娘们心生好感，闹着玩儿把她们自制的《取得真传证书》作为礼物送给龙马，如果真是这样……

在因身份制度导致整个社会异常僵化的时代，炮术天才大展身手的盛况，可以从法兰西的拿破仑那里窥见。他也是炮术专家，精于炮弹轨道的计算、几何学和力学，擅长制定作战方案。

现存的记录显示，在寺田屋事件发生的六年前，三吉慎藏也曾在江户学习炮术。或许他们二人已经超越了藩属的限制，成为了"炮术好友"。

"乍见其容貌，但觉豪气满身；然实为温和处事之人。唯其胆力过人"，这是三吉慎藏对龙马的评价。和慎藏一起穿过枪林刀树的"实则软弱"的龙马……唔，不禁喜欢上了这些人物。不好办啊，不好办。

收集了很多樱花背景的照片。伦敦，海德公园

在京都赏夜樱

美国，新墨西哥州城市阿尔伯克基

名古屋城

如履薄冰

在大河剧《新选组！》的拍摄过程中，我曾经有过类似下面的空想。已是七年之前的事情，当时围绕着向伊拉克派遣自卫队一事，大家议论纷纷。

"二〇〇三年某月某日。派遣自卫队一事最终被搁置，因为无法获得国民的一致同意。

"政府黔驴技穷，提出了一个新的方案，即从国民中招募有志之士，派到伊拉克去。表面来看是民间组织，实际上却是不折不扣的武装集团。

"平日里非常关注世界和平的我，也参加了这一义勇军组织。因为对无法为世界和平做出贡献的日本这一国家心怀不满，我毅然决然地做出了上述决定。

"经过几个月的训练，我们被派到了巴格达，在联合国的管理之下开始活动。主要任务是在治安日益恶化的巴格达市内巡逻，逮捕恐怖分子。

"我们义勇军士气高涨，纪律严明。虽然牺牲了很多人，但作为对恐怖组织作战的桥头堡，我们逐渐为国际社会所认可。

"但是，随着组织的不断壮大，我开始产生了疑虑。我们的活动，果真是在为世界和平做出贡献吗？难道不是仅仅为了美国等一部分大国的利益，而在不断杀害伊拉克人吗？

"期间，世界形势发生了意想不到的变化。反美情绪日益高涨。

"'联合国只考虑大国的利益，这也是纷争的原因之一'，这种意见逐渐得到了广泛认可，之前被称为恐怖主义者流亡在外的革命家们，转而成为了备受瞩目的英雄。

"随后，这些革命家四处活动，发起成立了新的团体。这是由基督教、伊斯兰教等几大宗教共同参与、成立的国际组织。打破了国民国家的壁垒，致力于依靠信仰来实现世界和平。退出联合国的国家络绎不绝，我们义勇军也逐渐丧失了大义名分。"

无需多谈，以上全部是我的胡思乱想。七年之前，我并没有任何明确的政治观点。

"二〇〇三年"→"幕府末期"

"美国·联合国"→"江户幕府"

"世界和平"→"尊王攘夷"

我只是试图通过这些词语置换，切身感受一下幕府末期的"前景之黯淡"。

读了一些关于幕府末期的书之后，我意识到，当时倒幕派的大部分人，即使到了千钧一发的最后阶段，仍然不能确定"幕府究竟是好是坏"。当然，在二〇〇三年当时无法判断"美国和伊拉克究竟孰对孰错"的我，并没有资格嘲笑他们。

在出演历史剧时，我每每会为"真想看清前景为何"的诱惑所驱使。

一八六七年幕府解散。之前的藩、武士、攘夷之类的说法全部随之消失。我因为对那段历史之后的情况了然于胸，在表演时总想着把角色塑造成"对之后的时代颇有预感"的样子。按照现在的价值观来说，是想让观众觉得人物是聪明的、给人良好感觉的人。

但是大多数情况下，这种欲求好像并没有给作品带来好的效果。或许，除非演的是那些伟大的天才，否则让角色如履薄冰、小心翼翼地行事，才是最为恰当的。

通过戏剧等观察天才们的人生，是一大乐事。具有坚定信念的人，行动起来坚决有力，合理有效，如同一根笔直、粗大的线条。能够预知前景的天才的力量，在每个时代都具有非凡的魅力。

凡人却完全不知道这个世界将会变成什么样子。总是慌慌张张地应对情况的变化，如同被什么推着一般，战战兢兢地迈出脚步。

当然，这样的凡人身上也自有不同于天才的独特魅力。首先，"前景之黯淡"本身即传达出了当时时代的鲜活、生动之处，是非常重要的因素。

现在我在电影中扮演一位军人，是昭和二十年（一九四五年）的陆军军官。和幕府末期一样，这一时代也是前景非常黯淡的时代。至少就我所演的角色而言，"如履薄冰"应该是关键词之一。

电影《太阳的遗产》计划于明年公映。

在《太阳的遗产》拍摄间隙练习骑自行车

宫 崎

　　最近和高中时代的老师伊藤一彦先生一起，做了些对谈相关的工作。

　　去年秋天，老师和我曾在宫崎对谈过一次。这次是要进行最终核定。老师专程从宫崎赶到东京来，对半年前的谈话进行确认。一起工作的有老师、我、编辑和笔录人员，一共四人。主要是对谈话顺序加以调整，删去累赘的部分，对不充分的地方加以补充。

　　对谈的题目是宫崎的和歌家"若山牧水"。伊藤老师曾在高中担任社会课的老师，同时也是和歌作家。而作为谈话对象的我，却是不折不扣的短歌的门外汉。半年之前的谈话也好，此次谈话也好，都好像成了面向成绩不好的学生的短歌补习。对谈于秋天出版成书①。

　　因为电影《太阳的遗产》的外景拍摄，我恰好刚刚去过千叶县的馆山，而牧水也和这一地方很有渊源。在前些日子的谈话中，也说到了安房的事情。牧水二十六岁时出版的歌

---

　　① 《我，牧水！——向歌人学习"转"的美学》（角川 ONE 主题 21）——原书注

集《别离》开篇的题词为：

"早有窈窕女，共渡安房渚。在侧相偎依，日夜歌无休。明治四十年春"

以这首令人陶醉的短歌立意，引起了后面的一系列和歌，连缀成集。其中，有一首有名的恋歌：

"与君接吻时，海静日亦停。飞鸟殁于空，我心唯永恒。"

敢叫时间和整个世界都为之停住的恋情和热吻！对于牧水而言，安房是他热恋的舞台。

安房的海岸边上现在有东京湾高速公路 Aqua-line 通过，从东京市中心乘车出发，三个小时即到。牧水当时应该是从东京隅田川乘船前往。安房气候温和，是轻松易达的度假胜地。这样说来，和宫崎的气候也有些相似。牧水之所以喜爱安房，"很像自己的故乡"可能也是原因之一吧。

南千叶的"安房"和德岛的"阿波"，这两个地方的名称在日语里的发音相同，都是"AWA"。自古以来即是如此。这让我觉得很不可思议。虽说对应的汉字不一样，但当时的都城平城京里的官员们难道不会觉得不方便吗？假设现在在东北或者其他地方有一个叫"宫唉"的县，和"宫崎"在日语中的发音相同，那该多麻烦啊。平时连宫城和宫崎这样相近的地名都经常会被搞混。

其中，四国地方的阿波在《古事记》中的记载为"产粟之地"，粟在日语中的发音即为"AWA"。调查地名的起源本无多大意义，但颇为有趣的是，阿波和淡路相邻（淡路的日语发音为"AWAJI"）。古时候，这附近居住着一个以"粟"为主食的部族。后来呢，该部族的一部分人乘黑潮而上，一直到达了"安房"——当然,这些只是我个人的胡思乱想罢了。

这次，请允许我在胡思乱想的基础上展开话题。在我们宫崎县，也有称为"AWA"的地方，我在谈话结束后才想起来。在古代神话的世界里，父神伊邪那岐从黄泉国回来之后，洗净全身污秽的地方，就是"阿坡岐原"（日语发音为"AWAKIGAHARA"）。这是宫崎市里与神话有关的地名之一。

宫崎的山上满是米槠、橡树、樟树等"照叶树"的树林。根据中尾佐助等人的研究，这样的照叶树林带——喜马拉雅山脉、中国云南、西日本一带——曾经有过共通的文化。他们的食物是杂粮、薯类、树木的果实等很多种类的组合，堪称富庶的农耕文化。就日本而言，应该是连接绳文时代和弥生时代①的过渡文化。

当水田稻作传到日本以后，这种杂粮文化被清一色的稻米所取代。仅靠稻米这一种粮食就可以养活很多人口，水稻确实是一种超级作物。

---

① 绳文时代是日本石器时代后期，约一万年以前到公元前一世纪前后的时期。弥生时代约公元前三百年至公元三百年。

即使到了弥生时代，也还是有重视杂粮（比如粟类）的绳文部族留存下来。与划分得整整齐齐的稻田相比，这些人更加钟爱重重叠叠的森林。他们不断被稻作部族侵蚀、驱逐，只留下了"AWA"这一地名。他们逐渐迁移到了沿海一带，像宫崎、德岛、淡路，还有千叶等地。

弥生人，或者说是稻作文化下的人们的特征，在于"组织力""勤勉""逻辑性"方面。而与之相对，绳文人，或者说是照叶树林文化下的人们，则具有"多样性""生命力""混沌"等优点。我们是这两种文化的混血儿，我却总觉得"歌咏"这种行为，应该是自绳文文化的某些方面诞生而来的。牧水也是爱山之人，深爱着故乡的山。

不知是受了牧水的影响，还是因为口蹄疫疫情相关报道的关系，这个月我总在浮想联翩，完全停不下来。我在本文中想要表达的，是"以故乡为荣"的爱乡之情。非常感谢大家的聆听和支持。

希望在我最爱的宫崎，重新绽放无数美丽的笑容。

安房的海，根本海岸

这里还有牧水的歌碑

吃

现在正在拍的一部电视剧，要求我每隔半个月过一次"拉面日"，就是在东京的餐馆里一个劲儿吃拉面的日子。因为我演的这个角色，在剧中被设定为超爱吃拉面的人。

通常我会花上半天左右的时间一直吃拉面，摄像师对着我从右到左、从远到近地拍个不停。一天吃进去的量，大概在四五碗左右。是把好几集的量集中在一起拍摄。

一边吃饭一边表演，其实难度很大。这次只要求默默地吃拉面，这样还好。同时进行"说话"和"吃饭"两项任务，这基本上很难做到。在有台词的场景下还张着嘴吃东西，这种表演需要相当大的勇气。

话虽如此，如果在剧中什么都不吃，也着实令人惋惜。"吃"是丰富作品内容的绝好机会。不管怎样，毕竟是往嘴里塞真正的食材呢！就真实性而言，再没有比这更为真实的行为了。

因此，当剧本中设置了吃饭的镜头时，我总会不知不觉地紧张亢奋起来。年轻的时候，甚至会觉得这是编剧特地给我下的战书："来吧，尽量放开肚皮吃吧！"

自不必说，我这种昂扬的斗志在很多时候并没能抓住重点。摆在眼前的，与其说是挑战书，不如说是测试题更为合适。

对于吃的镜头，在剧本中极少会列出具体要求。像"一边用筷子夹开烤鱼""把牛肉饭扒拉到嘴里"这种程度的表演说明，迄今为止我还没有读到过。如果逐一写成文字，信息量将会异常庞大。吃什么，吃多少，怎么吃，这些都要依靠现场发挥（常常需要演员自己发挥）。

如果你是一位第一次挑战吃饭镜头的演员，建议你从"整体上把握场面"开始做起。要把会话的整体流程印在脑子里，记住要说台词的时间。然后倒着推算吃东西的时间。等到要说台词的时候，你刚好已经把东西咽下去了，尽量达到这种效果。在这基础上，尽量表现出很享受美味的样子。

和吃的时机一样，"吃什么"也是非常重要的要素。就我的经验而言，"汤类→蔬菜→肉类→鱼类→米饭"，难度依次递增。刚开始时，要学会充分利用炖盅类的稀食。里面的配菜多是扁豆、胡萝卜、豆腐等，便于初学者食用。在着急的时候，可以把它们当成汤汁直接吞下去。

不管在什么情况下，在要说台词之前吃米饭都是万万不可取的。把适量的米饭夹起来就很困难（紧张状态下使用筷子本身就很麻烦），再咽下去也不容易。

还要注意吃的分量。影像上的吃饭动作往往会多次重复出现。要注意尽量只吃六分饱，这样即使被要求"再来一次"也不会觉得窘迫。

习惯了之后，就可以尽情挑战吃的镜头。选一些吃起来比较麻烦的食材（像纳豆盖饭、饼干、薄脆年糕卷等）也没有问题。还可以在饭量上一决高下。拍吃的镜头，要求演员必须具备坚持不懈的上进心。

我有一个奇怪的联想，觉得吃饭镜头和恋爱镜头有些相似——很多信息无法表现为剧本上的文字，具体做法需要依靠现场发挥，很容易暴露出演员个人的习惯。失败的时候演员会觉得非常难为情，一旦成功效果会相当好——看来"吃"和"爱"确实是非常相像的东西。

就像"哆啦A梦爱吃铜锣烧"一样，在刻画某个角色的形象时，确定"该角色最爱吃的东西"这个手法，到底是谁最先发明的呢？我越想越觉得这是一项非常了不起的技术。

当被问到"你最喜欢的食物是什么"时，现在究竟有多少成年人能够马上回答出来呢？比如说我很爱吃寿司，但是随着年龄的增长，慢慢地会只喜欢"某某店的寿司""哪里哪里的原料"，好像只能有条件地喜欢某些东西了。

"哎呀，便利店里卖的铜锣烧果然不怎么样啊……"如果哆啦A梦说出了这样的话，会让人觉得非常无聊。果然，我们还是希望哆啦A梦一提起铜锣烧就能够无条件地兴奋起来。

不仅能够想象出那个人的禀性如何，也能够表现出他无条件地喜爱某种东西的"纯粹"特质——最喜欢吃的食物还有这样的效果呢。

　　顺便提一下，杏最喜欢的食物是"佐味料"，锦户亮最喜欢的是"米"。两个人都是毫不犹豫地给出了答案。和这些优秀的同行们一起出演的电视剧《JOKER 不被原谅的搜查官》在每周二的九点播出。还请大家多多支持。

大家早上好。很抱歉一脸没睡醒的样子。现在是早上七点，开始吃拉面啦。

杏给我画的头像素描。果真多才多艺啊

读后感

在暑假作业里面，写读后感一事总是很让人头疼。迄今为止我已经写过好多本书的读后感了，但从来没有一次让自己觉得"这次我写得真不错"。

我从小时候起就很爱读书，也喜欢写作文。因此每当老师布置下来，我总是暗下决心要写一篇漂漂亮亮的读后感。要是可能的话，一定要博得老师和朋友们的热烈夸奖，心里总是这样想着。

但是，读后感这事儿，越是想着要好好写，写起来就越困难。只写情节概述太没意思，但又不能像评论家那样信口开河，写什么"这是该作者的倾情之作"之类的话。即使现在长大成人了，好的读后感应该是什么样子，我仍不得而知。既不是书评，也不是说明文，而是读后感——当时我到底该写出什么样的文章来呢？

上初中那会儿，纠结很久之后，我写了一篇关于电子游戏《勇者斗恶龙》的读后感。当时我想，细致入微地描写出我自己的内心活动就可以了。在洞窟中迷路时的不安感，为打倒强敌而费尽心机，我对这些逐一进行了细致的刻画。我想好了如果老师生气时该以什么借口来应对，然后提交了作业。但老师看到作业后说了什么，我已经记不得了。

还有一年，我想在读后感中写"读书使自己发生了哪些改变"。这是在高中的时候。我选了三浦绫子的小说《盐狩岬》作为题材。但是，当我还在喋喋不休地描写着"变化之前的自己"时，就已经大幅超过了规定字数。结果根本没来得及写到读书这回事上，以《盐狩岬·前篇》为题提交了作业。这次好像老师也没有给出任何回应。

小学的时候我写了什么样的读后感，已经完全记不起来了。当时我估计在拼命琢磨写什么样的意见才能得到老师的表扬，遗憾的是好像从来没有被老师表扬过。

不负责任地说，现在想来，当时的老师们可能并没有好好读过我的那些文章。老师们想要确认的，是学生"有没有真正读过书"，而不是学生"写了什么样的文章"。我完全没有任何要非难老师们的意思。只是我自己不清楚什么样的读后感才是好的读后感，如此而已。我摸不准读后感的评价方法究竟是什么。

读后感难写，原因可能在于写的人是"业余爱好者"。要求写出来的，不是解说和广告语之类的，而是单纯的感想。解说和广告语都是商品，有现成的专业文章放在那里，初学者以此为模板努力学习即可。

读后感，借用电视广告来讲，应该是"哇啊，污渍全部被洗掉啦"或"这还是第一次"这类的非专业人士的感想。不能写成商品解说，也不能写成自我介绍。最需要表达的，是真正用过该商品的那种真实感。

这样想来，"努力写好"这种想法本身才是读后感最大的敌人。如果说有什么要点的话，应该是在仔细阅读原作的基础上注意以下几点：

① 一定要谦虚（作为业余爱好者，最好不要口气太大）；

② 格外注意不要写成自我宣传（如"我经常演戏，对此深有感触"之类）；

③ 加入具体体验（如"有这样一件事情"）；

④ 不要妄下结论（多用"可能""或许"等表达方式）；

⑤ 整体风格要积极向上（如"心情顿时舒畅起来"）。

写到这里，我突然回过神来。这些不正是"我现在的文章"的特点吗？

当然，我并不了解写作理论。"越是想要得到别人的表扬，越要尽量不往那边去想"，"要重视自己的感觉，同时又要尽量不把它们放在心上"，这些技巧对于演戏而言同样重要。能有这种认识，可能还得感谢之前写过的无数篇读后感。这样一想，立刻放松下来——是这么回事。

因为每到暑假都会不停地想着读后感的事情，现在我的表演和文章可能都已经被施上"读后感的魔咒"了。

好可怕啊，读后感这种东西。

在电视剧拍摄现场。和大杉涟先生在一起

后面是横滨的夜景。满脸是血的妆容？不要太介意呦。

读后感·续篇

想写一下小说《1Q84》（村上春树著，新潮社出版）的读后感。看了一些读后感之后，自己也有了想写的冲动。

在此之后还要读这本小说的各位，请对此多加小心。

《1Q84》这部小说能够让人联想起很多村上春树以前的作品。小说开始时看似毫不相干的章节，在后面慢慢地纠缠在一起，这和《世界尽头与冷酷仙境》很像；出现在小说中的宗教团体，让人想起《地下》等纪实文学；宗教领袖如同小说《电视人》中的人物；在故事开头，收音机里播放着古典音乐，这和《奇鸟行状录》是一样的吧，主人公天吾身材魁梧健硕，《海边的卡夫卡》中的主人公也在锻炼肌肉，天吾印象中的母亲穿着"白色衬裙"，《寻羊冒险记》中也出现了妻子的衬裙，故事描写了两个平行的世界，这和《烧谷仓》相同。

当然，小说故事本身自是引人入胜，非常有趣。同时，也让人联想起了很多别的故事。好像是在读标了很多脚注的正文一般，又好像是在用多个显示器同时看好几场电影。

这种读书体验还是第一次。或许这部小说正是作者的集大成之作。至少我愿意这么认为。之前作品中的全部要素，都汇入了这一部作品中。

我最先读到的村上春树的作品，是《挪威的森林》，其中有一节写到："死并不是生的对立面，而是作为它的一部分存在着。"印成了黑体字的这段话给人以深刻印象，至今依然如在眼前。

虽然我的解读非常业余，但我认为，上述主题几乎贯穿在村上春树所有的作品中。如果把这段话中的"死与生"替换成"疯狂与理智""混沌与秩序""敌方与我方"等词语，直接就变成了其他作品的主题。在《1Q84》这部小说中也嵌入了各种各样的对立。大小不等的很多对反义词，互相碰撞，相互融合，构筑起了乍看上去仿佛不可收拾的、脆弱而又丰富的作品世界。

"这边"与"那边"轻易即可实现置换。并不存在能够把二者区分开来的决定性因素。这个世界就是如此危险。但是，只要我双脚站在了"这边"，就必须倾尽全力尽量留下来——村上作品（特别是长篇小说）中的主人公，总是在考虑着这一事情，努力负起在"这边的世界"时所应承担的责任。有的时候是作为恋人，或者是独立撰稿人，又或者是作为丈夫。下一次呢，有可能是作为父亲。

我一口气读完了《1Q84》的三大册。读完最后一册

《BOOK3》时，正好刚开始拍摄刑侦电视剧《JOKER 不被原谅的搜查官》（该剧前些日子已经杀青）。可能是读了小说的缘故，在拍摄过程中，"恶并不是正义的对立面，而是作为它的一部分存在着"，这样以村上文字的变形体表现出来的想法，一直存在于我头脑中的某个角落，挥之不去。

刑侦电视剧中自然少不了犯人。主人公代表着"正义"，犯人则代表着"恶"。这种便于理解的构图中，潜藏着因"便于理解"而引发的危险。不，这里谈论的并不是伦理，完全是关于表演的话题。

和我面对面的犯人，绝对不是处于"那边的世界"中的存在。即使因为某个偶然的机会导致我和对方的立场完全互换，也没有什么不可思议的——特别是在演那种正直坦率的角色时，这种脚下的大地颤动不已的感觉，算得上剧中非常刺激的提味佐料了吧。

犯人施加给被害人的暴力和我施加给犯人的暴力，二者之间有何决定性区别呢？犯人带有的恶意，和我面对犯人时怀有的，其实是完全相同的东西。某种意义上来说确实如此。

读《挪威的森林》时我才十五岁。村上的系列作品可能已经传授给我一些特定的价值观，印刻在我的头脑里。如此想来，顿生喜悦之情。我的表演受到了这位世界级作家的影响，感觉好酷啊。

村上春树先生的作品世界已经达到了一种集大成的境界（我自以为是地这么认为）。今后会出现什么样的变化呢，我对此非常期待。当然，是以一个读者的身份。再稍微加一点儿，以一个演员的身份。

电视剧《JOKER 不被原谅的搜查官》拍摄间隙

杀青。后面是横滨港大吊桥。大家辛苦啦。

审视自己

我出演的《蛮幽鬼》公映了。发行方把去年的舞台剧编辑成影像作品的形式推出。公映前我看了 DVD，多元化的拍摄角度让这部作品充满了感染力。在电影院观看时，应该能体会到那种既非戏剧又非电影的独特氛围吧。

透过影像来看舞台上的自己，感觉好像是在看自己被偷拍的样子，多少有些难为情。或许对我来说，舞台上的表演是"只限于那时的舞台上的、毫无负担也毫不设防的东西"。看着影像，时不时地会想"啊，我竟然演成了这样"，而惊讶不已。

举例来说，这次我的角色是一个总是面带笑容的"笑面杀手"。他果真能够在所有情况下都一个劲儿地傻笑吗？我自己并不这么认为。我打算在人物脸上加入一些严肃的神情。说来遗憾，如果这部《蛮幽鬼》是电影或者电视剧，或许我还可以通过看现场的监视器，稍微调整一下自己的表演。当然，舞台表演的魅力之一，正在于超越了这种小肚鸡肠的盘算计较而产生的强烈动感。

在拍摄影像时，"要不要现场确认一下自己的表演如何呢"，我曾经为此而苦恼。

大部分拍摄现场都安有监视器，完成一个镜头之后，都会回放之前的表演。看还是不看，取决于演员自己。有的演员每次都会查看，也有的人完全不看。有很多导演不愿意让演员看监视器，也有的现场导演对此并不计较。哪种方式才是正确的呢，不得而知。

笼统地说，"电影的现场拍摄讨厌监视器，电视剧的拍摄则比较宽容"，存在这样一种倾向。演员也是一样，主要活跃在电影方面的演员不怎么关注监视器。这可能与电影和电视二者不同的历史有关。

用胶片拍摄的电影，在显像之前都看不到影像。就电影悠久的历史而言，现场设置监视器是最近才出现的现象。写这篇文章的时候我特地请教了中村义洋导演，据说在日本，最早把监视器带到拍摄现场来的，是伊丹十三导演，在一九八四年左右。当时的方法非常原始，从摄像机的取景器连上录像机，再接到监视器上。就连这种原始的做法，也招来了当时的摄像师们的不满，认为"破坏了摄影部分的神秘性"。

本来在现场无法确认是很不方便的，却被摄像师们拔高到了"神秘性"这样的表达上面，想来非常有趣。现在的电影人对监视器敬而远之，可能主要原因也是在"神圣""神秘"

这些关键词上。顺便提一下，上面说的"伊丹监视器"是导演专用的。当时的演员们应该并没有看。

再来看电视剧，经历了早期现场实拍的时代，从一九六〇年前后开始录制成录像带播放。从那时候起，为了检查录像带，应该会在现场回放，但演员们并不一定会看。这一时期，电影公司大多会用胶片制作"电视电影"，因此在电影拍摄现场应该没有监视器。摄像技术的发展使录像带录制成为主流，应该是在一九八〇年左右。与这些变化相对应，现场监视器逐渐普及。

在电影界，HD24p 数字技术的登场是在二〇〇〇年左右。应用这种技术可以在后期加工时实现胶片转换，可以说是录像带和胶片二者的融合。电影拍摄的现场回放，因为该技术的诞生而被最终确定下来。由此看来，"看不看监视器"这一问题算得上是新生事物。

我不喜欢在表演上耍小聪明，但当把本来打算不笑的认真表情演成了笑脸时，作为演员还是有些羞愧。有哭有笑的感情表现，本来就和舞台表演一样，是"一次性"的，如同电影人所说，是"神秘"的。但是，客观地审视自己，同样也非常重要。

在演员的成长过程中，"无需关注外表，随心所欲做自己即可"的时期，和"需要关注周围的人和事，举止、打扮得体"的时期，二者是交替出现的。在合适的时间与合适的现场邂逅——这样乐观地去想，随遇而安地待人接物，真的没问题吗？

　　唉。伤脑筋的问题。

在电视剧《人称假医生 冲绳最后的医疗辅助师》中

算盘与斗志

以金泽为舞台的古装电影《武士的家计簿》公映了。

我演的是一位担任会计工作的武士猪山直之，被人嘲笑为"算盘呆子"。猪山直之在历史上确有其人，据说在当时的加贺藩，像他这样的会计人员多达一百五十人。

我从拍摄的前一个月起开始练习打算盘。剧组从全国珠算教育联盟请来了高水平的老师，但在练习了几分钟之后，我就认识到，"如果认真打的话，无论如何也赶不及"。

虽说从小学时就开始教授算盘，但算数一直是我最不擅长的科目。于是我揪住珠算名家级别的老师不放，一个劲儿地探讨"如何才能蒙混过关"。说来惭愧，这就好像是让一个完全没有碰过钢琴的人来演钢琴家。实在无计可施了。

最简单易学的，是"1234"这种四位数的加法运算方法。加十次之后就升上一位，排列方式相同，确认起来也很简单。按钢琴的说法，这应该相当于四小节的旋律吧。这种方法备有多种模式，可以搭配着来练习。

开始拍摄以后，我煞费苦心尽量减少摸算盘的机会，要么假装成心算的样子，要么用手指在空中比划，假装在打"空手算盘"，以求蒙混过关。"塑造角色"和"蒙混过关"，在我这里基本上成了同义词。

我的"厌恶算数"的历史，悠久而又悲哀。小学时用的计算练习本的皮儿上画着一只猫，我因此在很长一段时间里特别讨厌猫。

到了中学让我负责学生会的会计，因此吃了不少苦头。我做的满是计算错误的决算报告，曾经让学生总会陷入了极大的混乱。大学入学考试时数学得了零分。大学时代打工，因为找错了零钱被开除。这样的我现在竟然在演一位珠算名家。人生真是一切皆有可能。

感觉到受挫，是小学三年级的时候。当时我正在解一道分数练习题，忽然之间意识到："啊，这种作业，貌似没完没了呢。"解开了这道题，还有下一道题等在那里。做完了这一页，紧接着还有下一页。即使读完三年级升入四年级，读完小学升到初中，练习题都不会消失。终于意识到了这一点！我非常害怕，一时之间好像喘不上气来。

当时的情景还记得清清楚楚。憋闷的、密不透风的冬日教室里，大家都在默默地做着练习题。做完的好孩子就跑上讲台让老师给看。简直像是赛跑。无数次微妙地变化着距离和路线，无数次地重复，永无休止的赛跑。完全看不见终点在哪里，但周围的朋友们谁也没有要放慢脚步的迹象。

和别的科目相比，算数好像具有一种无言的压力，催促着大家"尽快找出"正确答案。当然，这可能只是我个人的被害妄想而已。

有几位真正的珠算名人作为临时演员，参演了这部电影。他们大多是在京都各大学就读的优秀理科生。在拍摄间隙，为了让我们见识一下专业水平的珠算速度，他们认真地打过一次。结束之后，他们心有不甘地说："如果是自己用惯的算盘，还要快上很多。"这给我留下了深刻的印象。理科的人，原本就擅长赛跑，"不服输"。我好像把这一事实，连同小学三年级时教室里的情形，一股脑儿全都忘记了。

在这之前，我对理科生一直持有这样的印象："单纯，不谙世事，有些过于老好人，经常会吃亏"。可能因为理科生一直离我很远，我才会擅自把这些特点强加到他们身上。虽然这些特点都是必要的，但如果放到自己身上，会觉得是非常麻烦、难于处理的包袱，就是这种印象。

"把棘手的包袱推到远离自己的人身上"，这种倾向同样适用于电影的舞台地"北陆"这一地方，也适用于"古装剧"这种影视类型。这些留待以后有机会时再做讨论。

《武士的家计簿》正在松竹公司的各大影院上映。请多多支持。

和扮演儿子的大八木凯斗在一起。时隔很久，在电影试映会上再次见面。

舞台致辞

电影拍完之后，总是有一项名为"舞台致辞"的工作等着演员去做。拿此次的作品来说，从十月底到十一月之间先后要在金泽、大阪、名古屋、东京、福冈五地举办"试映会致辞"，十一月二十七日和十二月四日分别还有"金泽提前上映致辞"和"公映首日致辞"。大多是在电影上映前，让主创人员站在银幕前面向观众致礼。

有很多观众对这一活动很感兴趣，因此大多数时候都会受到热烈欢迎。主创人员一上台，台下就会哗的一下响起兴奋的喊声和掌声。

这可以说是演员受到追捧的唯一机会。

在拍摄现场，演员基本上听不到任何的掌声或欢呼声。周围都是合作的演员或工作人员，都是自己人，说来也是理所当然的。即使是舞台剧公演，也很少会有音乐会现场那样热烈的欢呼声。如果看到自己钟爱的演员登台就叽叽喳喳地讲个不停，就看不成表演了。演员谢幕之后响起的掌声，有一半左右是意为"大家辛苦了"

的慰问掌声吧。

这样想来，如果是歌手，歌迷们"只要看到那个人就会无条件地响起热烈的欢呼声"，而演员的工作性质决定了他和这种欢呼声是无缘的。可能是这个原因吧，当舞台致辞时受到的欢迎越热烈，我就会越发感到无所适从。这种感觉，就好比是驴子那样的家畜突然被当成宠物对待，内心惴惴不安。

大约十五年之前，我曾经作为主持，参加了朋友——声乐组合"圣堂教父"的现场演唱会。

从那时候起，他们就非常注重演出现场的效果，采用在两首歌曲中间设置谈话环节等方法，调动起观众们的热情。那场演唱会更加冒险，启用了一个毫不知名的戏剧演员（就是我），试图打造出带有戏剧风的舞台。当然，现场蜂拥而至的五百多位歌迷，对此并不知情。

演唱会马上就要开始了，观众席上的欢腾声也渐渐大了起来。背景音乐的音量高上去，舞台慢慢地暗下来，达到了兴奋的最高潮。欢呼声、掌声，响成一片。对圣堂教父的"无条件的爱"包围了整个会场。然后——

舞台亮起来，但乐队成员却一个也没有出现。站在台上的是一个谁都不认识的男人。震耳的欢呼声一瞬间冻结在了半空中，观众席像被冷水浇灭了一般复归寂静。很长很长的沉默，让人怀疑时间是不是已经停住了。"这人是谁呀"，窃窃私语声在全场慢慢扩散开来。

当然，这一切都是在计算之内的。站在舞台上的我，把乐队成员一个一个地喊到台上来。开始时的紧张气氛一下子缓和下来，放下心来的观众们更加热情亢奋，效果极佳。

舞台演出获得了巨大成功，但那时的欢呼声，以及随之而来的静寂，给这个二十岁上下的戏剧演员好好上了一课，"歌手们得到的那种热烈的欢呼声，将和自己终生无缘"。观众给演员鼓掌，是对演出劳动的肯定，而不是像对歌手那样的无条件的鼓掌。我在舞台致辞时总会感到手足无措，可能也和这一情由有关系。只被宠爱了一个晚上的驴子，最终还是要认识到这种错位，重新做回负重的驮马——就是这种感觉。

写到这里我忽然想到，或许观众给予歌手的欢呼声也不是什么"无条件的爱"，而是为歌手后面的演奏而"预付的爱"，或者说是为此前的演奏而"结转的爱"。如果演奏得不好，那么从下次开始，欢呼声慢慢就会消失殆尽。虽然支付的时点与演员行业不同，但基本而言，欢呼声是对演奏劳动而付的报酬，这点并无差别。

演员在舞台致辞时获得的欢呼，一定是"您辛苦了"和"继续加油啊"二者的混合。至少这样想的话，就不会太过手足无措，也不至于得意忘形。

　　新的一年来到了，恭祝大家新年快乐，万事如意！谢谢大家的鼓励，今年也会继续努力。还请大家多多关照！

在福冈的都久志会馆的试映会上致礼

有时候等待登场的地点是在室外。在金泽科洛纳世界影院

愁苦汗颜

我接演了一个抑郁症患者的角色。

这种病的患者人数据说达到了数百万人，但我此前对此基本上没有任何了解。讨论角色一事时，我很是踌躇，"我并没有切身体验过那种痛苦，演这个角色合适吗？"最终还是接了下来，因此不得不利用新年这段时间恶补一下。

可是，做了很多调查以后，我还是不清楚这到底是怎样一种疾病。好像这种病的病因和治疗方法都还不甚明确。

据说患者大脑内的信息传达物质少于正常值，但却不清楚为什么会减少。有人说"最近出了一种特效药"，但有的书里又说"那种药很危险"。症状也是纷繁多样，以至于有的医生认为，不应该用"抑郁症"这一个疾病名称来统称这么多的病症。调查了解到这样一些信息之后，作为一个外行人，我把抑郁症的症状概括如下：

"几乎睡不着觉。非常疲劳，头脑和身体都不能正常活动。之前正常情况下能够轻松完成的事情，现在需要花费大量的精力去做。对很多事情感到烦躁，十分疲乏。连平时一半的工作都完成不了，对社会和周围的人心怀愧疚。对这样的自己感到气愤。"

如果这样的日子持续数月之久，根本不可能坚持得住。

在新年这段时间里，在查资料的同时，我还在减肥。因为我看到很多书上都写着："患抑郁症之后，食欲不振，便会消瘦下来。"话虽如此，我这种行为却有些像是在异想天开。即使瘦了很多斤，也不能保证就能演得很好。谁都不知道扮演的人物减肥前胖到什么程度，因此不管减了多少体重，都几乎没有任何意义。结果因为腹中空空如也，大脑无法好好工作，导致工作效率下降。心情烦躁，做什么事情都提不起精神。作为一种模拟体验的方法，可能也还不算太糟。

据说"やさしい"这个日语词，是把"瘦身"这个动词加以形容词化之后得出来的。这个词本来的意思，是"痛苦，感到丢脸，羞愧"，乃至到了身形消瘦的程度。山上忆良有一首著名的和歌：

"可叹世间苦，悲愁且汗颜。恨不如飞鸟，径向青空去。"

这首歌中，就是取"羞愧、汗颜"的意思。看来古时候和现在不同，并不觉得消瘦是什么好身材。

随着时代的推移，这一词语逐渐被赋予了风流倜傥、优雅得体等意思。这可能是从"关心、挂念"——"为了周围的人和事，大量消耗内心的卡路里"这层意思衍生出来的。现在这个词的词义变成了"温柔、体贴"，也指的是"能够体谅别人、抑制自己的刻薄"这样的状态。

这样想来，抑郁症患者也是总在内疚，责备自己而不是指责他人；总是感到不安，因此急剧消瘦下来。他们也是在消耗着内心的卡路里，可以说是最最"温柔、体贴"的一群人了。

再继续写下去似乎有些像玩词语接龙游戏了。根据白川静博士所著的《常用字解》，日语汉字里的"憂"，其实是一个头戴孝帽的人悲伤地伫立着的样子。在边上加上人字旁就成了"優"字，指的是正在悲痛地服丧的人；模仿其举止动作的人，也称为"優"。据说有一种职业，是专门在葬礼上代替家属对着神痛哭。顺便提一下，两个人并排站着，做出滑稽的动作，这种样态就是"俳"。在古代中国，"俳優"指的是引人发笑，或者替他人痛哭的人。[①]

从来没有过抑郁体验的我，是不是有资格扮演患者呢？现在马上就要开拍了，但这个问题我还是没有搞明白。看了我的表演，实际在为抑郁所苦的患者可能会批评："根本不是

---

① "俳優"在日语中意为"演员"。

那样的"；也可能虽然没有切身鲜活的记忆，但还是能冷静地把病痛表现出来。

结果尚不可知，我要尽全力去消耗内心的卡路里，演一个愁苦汗颜的男人。身为"俳優"，便应代作忧声，我现在是这样想的。

电影中的家的布景。住着特别方便、舒服，几乎看不出是仿造品。

左边的书架将在《家与哈姆雷特》一篇中详述。

喜怒哀乐

"欢喜、愤怒、悲伤和快乐。指人类的各种感情"(《明镜国语辞典》),这是词典中对喜怒哀乐一词的解释。我有时会对此感到不满:"喜和乐不是重复了吗?"这是我刚进演艺圈时的事情,那时还是大学生。

当年在新演员练习手册上有一项,要求做出"喜怒哀乐的样子"。当导演喊出"欢喜!"时,要马上做出表达这一感情的动作来。

如果动作做得马虎随便,或者是做了相似的动作,就要被导演骂。在做了无数次之后,我用来表现"喜"和"乐"的动作渐渐趋同了。

如果把"乐"换成是"害怕""同情",或者哪怕是"嫉妒",都会简单很多。每当在训练场里被骂时,我的心里都会腾起一股无名火。为什么偏偏是这四个呢?

喜怒哀乐这个词,早在孔子的嫡孙子思编成的《中庸》一书中即已出现。

——喜怒哀乐之未发,谓之中。

（感情发作出来之前的内心状态，称为"中"。）

子思是公元前五世纪时的人物，因此有人说这部分内容是后人补充上去的。根据这种说法，应该是秦末汉初（公元前二〇〇年）时候写的文章。

在稍早些时候写成的《荀子》一书中，有一个六字组合——好恶喜怒哀乐。前面加上了"好恶"二字之后，"喜怒"和"哀乐"也被分开了。

那么，"喜怒"和"哀乐"分别都有什么用法举例呢？这样一想，在拍摄间隙偶然读到的《庄子》一书中，这两个词都出现了。

"喜怒"一词，出现在猴子们那一段中。训猴人说"早晨给三个栗子，晚上给四个栗子"时，猴子们非常生气。训猴人问："那早晨四个、晚上三个呢？"猴子们全都高兴起来。《庄子》中接着写道："名实未亏而喜怒为用"（并没有说谎，每天一共七个这一事实也没有改变，但却有喜有怒），"人也总是努力试图寻找正确答案，但其实正确答案和错误答案，本质上都是一样的"。

和"哀乐"相关的例子稍微有些骇人。有一个人因为生病致使身体严重变形。亲友对他说："你肯定在诅咒命运吧。"那人回答说："不，本来人生于世即是机缘应时，死亡也是命运所为。"《庄子》中接着写道："安时而处顺，哀乐不能入也。"

（只要顺应机缘和命运，悲哀和快乐便都不能侵入内心。）

喜怒哀乐一词，不同于把四个不同的词素合在一起组成的"花鸟风月""冠婚葬祭"等词语类型；而是由两个意义相反的字组成一个词，再由两对这样的词重复组成一个四字成语，类似的成语还有"荣枯盛衰""毁誉褒贬"等。

一口气写了这么多，多年的积恨，一朝得雪。开始时为什么会如此在意"喜怒哀乐"一词呢，无论如何都想不起原因何在了。

最近读过的一本书中写道："如实地接受自己的感情，对于抑郁症的恢复至关重要"（《医生治不了抑郁症》，织田淳太郎著，光文社新书），这可能是我关注"喜怒哀乐"的原因之一。现在，我在电影里扮演一位抑郁症患者。因为过于想要积极地面对生活，不知不觉之间把自己的喜怒哀乐分成了"好的感情"和"坏的感情"两类。对于这种来自头脑的控制，心灵做出了反叛——如果说这就是抑郁的本来面目，那么，《庄子》中的教诲"不要逆流而动，把好坏当成同样的东西来对待"，可谓道出了康复方法的关键所在。

在《中庸》里，接着前面所引的部分，继续阐述说："情绪没有表现出来的时候，内心是平静的，这叫做'中'，是一切事物的根本。感情表现出来的时候，不论如何表现，在每一个时刻都应不偏不倚。如果能够看透这种'适度之中'，世界上的一切都将和谐共生。"以上是我这个外行人的解释。

不要给喜怒哀乐编排顺序。原原本本地接受，安安静静地凝视——这不仅对现在我扮演的这个角色具有重要意义，对演员这一职业来说也是非常重要的。

电影《丈夫得了抑郁症》中的"喜怒哀乐"

没问题吧，堺雅人

去年十月，我因为拍摄电视剧在冲绳待了一段时间。

白天的气温将近三十度。如果待在阴凉地方，也还比较舒服，不时吹来阵阵凉风，沁人心脾。最为可贵的是，拍摄现场旁边就是一片美丽的大海，广阔无垠。在等待工作人员准备拍摄的空当，我甚至觉得仿佛是在度假疗养一般，心情舒适自在，悠然自得。

从政治方面来看，二〇一〇年十月的冲绳，完全不是逍遥的时候。电视和报纸等媒体频繁报出冲突的消息，毫无稳定可言。

可能是因为这些原因吧，望着翡翠般蔚蓝的大海，我反而陷入到了恐怖的空想之中："现在，如果某个国家攻入冲绳，将会发生什么呢？"——冲绳将会被临时性占领。和日本本土的联络也将被切断，根本没法返回日本。在冲绳首府那霸附近，占领军很快就会成立临时政府。当然，拍摄团队很快也会解散。银行账户被冻结，全体人员身无分文地被赶出去。每个人都必须自己想办法生活下去。如果真到了那个时候，我们究竟怎么办才好呢？

摄像师、灯光、音响师等技术人员应该无需担心吧。新政府应该会非常重视他们。新闻啦政见播报啦,工作源源不断,器材也是一应俱全。他们马上就可以展开新的活动。

服装师、化妆师、道具等美术相关人员,可能要稍微花些时间才能找到新工作。但他们也都是身怀一技之长的人。肯定在不久之后,就可以在服装店、美容室、建筑公司等地找到自己的容身之所。

导演和制片人也是,可以发挥他们在企划、人际交往方面的长处,再办起一个新的公司。有的人也许会被临时政府招募过去,充当政策类工作人员。其中的一些人,甚至可能会爬到相当高的官位上去吧。

再来看演员。如果歌唱得很好,或者有着优秀的谈话技巧,应该能够在娱乐节目之类的工作中得到演出机会。如果是年轻人,对自己的体力很有自信的话,还可以靠体力劳动勉强糊口。可能还会出现利用"色情"来一决高下的演员吧。

想到这里,不由让人倒吸一口凉气。我堺雅人,到底能否安然无恙地生存下去呢?

以上纯属我的荒唐无稽的胡思乱想,和接下来要谈的内容不存在可比性。实际上,冲绳在二战结束后的二十七年里,既不属于美国，也不属于日本。

我在电视剧中所演人物的职业是"医疗辅助师"。这是一种代用医师制度，由当年美国统治之下的琉球政府所创设。

即使是冲绳划归日本之后，因为医师人数严重不足，以"仅由这一代人进行诊疗，不可传承"为条件，这种制度亦留存下来。最后一位医疗辅助师宫里善昌先生，在二〇〇八年已届八十七岁高龄时关门停业。琉球大学设立保健学部（现在的医学部的前身），是在一九六八年。在那之前，冲绳一直没有"独立营业的医师"。

在政治上悬而未决的冲绳，宫里善昌先生做着既非医师也非普通人的"医疗辅助师"，一做就是一辈子。一想到他的人生，立刻感到脚下的大地好像在晃动不止。我能够像他那样度过自己的一生吗？对此，我没有任何信心。

一直以来我都以为，我是靠着自己的能力立足于世的，但事实可能并非如此。日本人，演员，堺雅人……靠着这些林林总总的"头衔"的支撑、指引，我勉勉强强地生存至今。

现在，在这里，仅靠一己之身，我能够从一做起，重新开始自己的生活吗——不仅是在冲绳，当我离开自己一直生活着的土地时，就会时不时地思考这个问题。这种无依无靠的心境，也算得上人在旅途时的乐趣之一吧。

因为电视剧的外景拍摄，我现在一直逗留在根室。拍摄现场的雪景一望无垠，非常壮观。在我写这篇文章的三月四日，最低气温达到了零下五度。我们到达根室的数日之前，俄罗斯的高官访问了北方四岛。据报道称，日俄关系的紧张局势正在升级。

……没问题吧，堺雅人？

根室港

　　写完这篇文章一个星期以后，发生了此次大地震①。对于受灾群众来说，现在一定是非常艰难的时刻。不管怎样，都请一定保重身体。我正在全力思索自己能做的事情，同时在心中祈祷大家都能平安无事。

堺雅人

①　指二〇一一年三月十一日的东日本大地震。

彼 岸 *

　　写这篇文章的时候正值三月下旬。距大地震的发生过去
十多天了。

　　我继续待在北海道的根室拍电视剧。我在这部剧中的出
镜率本来就不是很高。平均来看，工作一天之后休息一天，
就是这种节奏。

　　休息日看过新闻之后，在港口漫步，到咖啡馆里喝咖啡。
我的生活和三月十一日大地震发生前几乎没有什么变化。该
如何看待这种不变呢，我不得而知。那天之后，我无数次地
看到海啸的录像。城镇被大海吞噬，很多人下落不明。现在
的电视里也还是在连日播放灾区和东京的混乱状况。

　　"这边的世界"和"那边的世界"，我应该置身于哪边的
现实之中呢，着实想不清楚。

　　一边漫步，一边会想"如果什么都没发生，这个月会
写出什么样的文章呢"这样的事情。如果什么都没发生，
也许会写出"根室是一个适合散步的城市"这等无关痛痒

---

　　* 日文原文标题"彼岸"，在日语中具有双重意义：春分（秋分）时节；
佛教用语，彼岸，涅槃岸。

的内容吧。

　　根室是一个适合散步的海港城市。规模不算大，步行的话一个小时就能走个遍。可麻雀虽小五脏俱全，各种必要的东西把空间塞得满满当当。这里完全不同于那些没有汽车就无法尽览全貌的新兴地方都市。在这里，甚至还有老式砖瓦建成的老造酒厂。口味纯正的地方酒，历来为大家所喜爱。

　　神社寺庙的数量也很多。坐落于东北边的金刀比罗神社，已有两百多年的历史。这是江户时代的船运商户高田屋嘉兵卫出资修建的神社。在每年的八月初，这里都会举办盛大的祭祀活动。祈求航海安全的人们，在这里寄托了深沉诚挚的信仰。

　　再看佛寺，净土宗、日莲宗、禅宗、真言宗，各个派别的寺庙一应俱全。本愿寺在东边和西边各有一座。这里的氛围，让人觉得像是缩小版的京都或镰仓。但这些建筑物并不是供人游玩的观光胜地，而是洋溢着切实的"呼吸吐纳"的生活感。可能是因为正赶上春分时节，扫墓的人们络绎不绝，相当热闹。其中不乏年轻人的身影。

　　这样说来，超市里的"春分专柜"也非常壮观。米团、米糕"素甘"、名为"落雁"的点心，水果、鲜花种类繁多。摆在一起非常热闹，不由得看入迷了。就拿米团这一种供品来说，净土真宗的是三个直接摆在一起，其他宗派的大多堆成金字塔形。各种各样的供品，分别对应着不同的祈愿。它们被摆在同一个架子上，看起来彼此之间十分要好。不经意间，这样的场景有种崇高之感。

当靠着海洋——这样粗暴的大自然过活时，"祈祷""悼念""感谢"这些行为，都如同家常便饭一般常伴人们左右吧。

我用理不清头绪的脑袋，想象着多个受灾城市的情况。其中也有和根室类似的港口城市吧。那里生活着一群怎样的人呢？如果没有发生地震，他们这时一定会和家人一起去扫墓吧？今天晚上他们能吃到什么样的晚饭呢？

我的思路继续延伸，想象着在几年后，几十年后，新的城镇将会出现。人们从不同的地方来到这里，带着各自不同的记忆、不同的神佛信仰，以及其他各种宝贵的东西聚到一起，建立起一个新的城镇。在那里，他们必定会每年两次回忆起"彼岸"的事情——那个世界，过往，这里以外的地方，远方的那个世界，"假如那样做了的话""假如什么都没有发生"等建立在假设基础上的事。不，可能新的城镇建设已经在各个地方启动了吧。

然后，我开始考虑"此岸"的事情，尽管思路仍不明确。考虑现在我所在的这个地方的事情。能够做什么，不能够做什么。现在我和灾区离得很远。对受火的人们而言，我的这些话可能都是泛泛之谈，我也考虑到了这种可能性。

我要牢牢地站在"这边"的大地之上，尽自己最大的努力去思考"那边"的事情。现在我所能做到的，就是这种类型的工作了吧。

根室的地方名产薄片猪排饭。在加了黄油的米饭上面摆上炸猪排,再浇上调料半釉汁。这应该是重体力劳动繁多的港口城市特有的高热量食物吧。

热

前年的这个时候，我参加了电视剧《官僚们的夏天》的拍摄。扮演一位通商产业部的官员。

可能是因为拍摄时正值夏天，这部作品给我留下的印象是"酷热的电视剧"。电视剧讲的是昭和三十年间①的故事，因此我们造访的全部都是一些古老而高级（意味着空调效果很差）的地方，像名古屋市政府、神奈川县厅等等。演员多半都是男性。服装清一色都是西装加领带。现场热得难受。

剧中的我们确实充满了热情。总是在大声地主张自己的意见，相互之间激烈碰撞。大部分台词都是以感叹号结尾。经常需要一口气滔滔不绝地说出一长串夹杂着专业术语的台词，很多时候因为演员的失误需要重拍。

不过，尝试一下"热血的表演"，也是一件非常愉快的事情。生活中很少有机会能够体验到两个成年人之间的对骂和怒吼。而且，周围全部都是一些技艺精湛的演员前辈，无论什么戏份都能游刃有余地接住。因此，我也没有理由不充分享受这

---

① 昭和三十年即一九五五年。

种莽撞冒失的表演机会。

昭和三十年间,是"战后复兴"和"经济高速成长"的时代。读城山三郎的小说原著（新潮文库）,会让人觉得当时好像有一股热潮席卷整个日本。

我演的庭野这个人物,也是一个可怕的工作狂。工作会一直做到很晚,闲下来的时候就学习、钻研政策。下班之后,还要一边喝酒一边谈论天下国家大事。可以说,这个人物几乎把所有的"私"都投入到了"公"里。

当然,官员之间也会存在晋升竞争或省厅两级政府之间的地盘之争,这些错综复杂的龌龊问题在所难免。但是,这种"无私的精神",应该成为我塑造官员形象时非常重要的一个关键词——前年夏天,我是这么想的。毫不为己,专门为人。不是做自己喜欢做的,而是做自己应该做的。自我牺牲,或者说灭私奉公,这样的人物形象。

拍摄完成之后不久,我的想法发生了改变。在某一个时刻我突然想到:"战火把一切都化为灰烬之后的景象,庭野应该非常了解吧。"

电视剧《官僚们的夏天》的故事从昭和三十年春天开始。剧中没有战时的场景。但根据剧本的设定,日本战败时庭野已经二十六岁。他不可能没有受到战争的影响。

庭野也有可能在二战中失去了最宝贵的人，失去了自己的家。或许看到过因为恐惧和不安而陷入恐慌的人们。或许也曾因为粮食和物资不足，有过痛苦不堪的回忆。

这样想来，十年之后他那种不计后果的行为，不仅不是无私，正是"私心"使然。仇恨，懊悔，愧疚之心，和死者的约定。一步一步向前的喜悦，一击即中的快感，自尊心。他并没有把自己当成牺牲品。对他而言，"公"和"私"是完全一致的，不知这是幸运还是不幸。

在再现那个时代的热潮这个方面，可能我在剧中的表现过于积极兴奋了。从一开始我就应该考虑"那股热潮是从哪里产生的"这一问题。

最近遇到了很多事情，促使我不断思考"战中战后"这一问题。三月十一日大地震以后，我自己对那个时代怀有某种奇妙的感觉。当然我不知道这是不是一件好事。

电影《太阳的遗产》是一部描写昭和二十年（一九四五年）八月十五日战败情形的作品。前些日子，举办了电影杀青的新闻发布会。会上八千草薰女士的发言给我留下了深刻印象："看着电视上的海啸灾情，我想起了战争中战火把一切都化为灰烬时的景象。"

现在，一部以昭和三十年间为舞台的电视剧已经开拍。我的角色又是官员，这次是财务部。我有可能会借鉴前年的表演经验，也有可能会重新发现一些不同的东西。

　　想要在脑海中生动地想象出已成过往的时代，这非常难。不知不觉之间就成了只在头脑中运转的空想，索性认为自己已经了解了。但是，这确实是到最后的最后都不应放弃的、非常重要的工作。如果想得透彻，不仅能够表现之前的那个时代，也能够反映出"现在"的情况——我这样认为。

这张是二〇一一年。财务部官员

这张是二〇〇九年。通商产业部官员

我的视力很差

我从很久以前视力就很差。第一次戴上眼镜，是小学二年级的时候。

那时候的每一次视力检查，带给我的都是一成不变的痛苦回忆。当我回答"看不清楚"时，大家就会齐声发出"咦——"这样好奇的声音。当时整个班的孩子里只有一个或两个近视，非常罕见。为此，我养成了一个奇怪的习惯，在视力检查前要努力把整个视力表都背下来。"这次我要被测定为这一水平的视力"，提前确定好目标，然后把那排之前的符号全部记下来。这样我就不会紧张了，也很少因为被嘲笑而备受打击了。然而，这种小把戏让我的视力越来越差，到最后竟然到了"连指示棒指在哪里都看不清楚"的地步，迎来了最惨烈的视力末日。

我不清楚现在自己的视力是多少。可能是在零点几或零点零几这样的水平上吧。摘掉眼镜之后，看到的都是朦朦胧胧的景色，如同在水底睁开眼睛时的感觉。轮廓模糊不清，色彩花成一片，明与暗混沌地融合在一起，是这样一个世界。

不过，拜近三十年的近视眼龄所赐，我已经习惯了自己视力不好这一事实。幼年时候的视力检查另当别论，除"眼睛边上留下了眼镜的痕迹，在演古装剧时让化妆师大费周章"之外，并没有什么特别不方便的地方。这种说法一半含有逞强的成分，但"自己的视野可以自行模糊不清"，这也可以说是一种了不起的特技吧。

在进行拍摄工作时，有时候我会遇到这样的情况，"演对手戏的演员那个方向有旁观者围观，没法集中注意力"。每到这时，我就会把隐形眼镜稍微错开一点儿。碍事的远景朦朦胧胧地消失了，注意力重新集中到了对方演员身上。还有，有的场景要求"虽然眼睛看着别处，但要像如同面对着对方演员一般说出台词"，这种时候也是视野模糊反而容易达成效果。小声地说，当和不太会演戏的人一起表演时，这招也相当管用。这可能会被人说成是逃避现实，但不管玩什么小把戏，"在那里"正是对演员最基本的工作要求。这样狡辩一下也未尝不可。

回到东京已经两月有余。但我内心的很大一部分，仿佛依然留在了外景地根室，在某个地方茫然地徘徊。这有可能是因为一直在拍同一部电视剧，也有可能是因为在那里的时候发生了三月十一日大地震。

在根室的时候，我反反复复地读着从东京带过去的三部小说：司马辽太郎的《油菜花的海岸》、陀思妥耶夫斯基的《群魔》和长岛有的《我静不下心来》。平时我读的多是评论、随笔等纪实类作品。这次读的都是小说，也纯属偶然。在对新闻或报纸感到稍许疲劳时，这些虚构的故事让人觉得非常可贵。

在根室逗留的一个半月的时间里，我不仅仅存在于二〇一一年的日本，还存在于江户时代的虾夷地——北海道，十九世纪的俄罗斯，以及高中的图书室中。如果说这是逃避现实，我确实无语反驳。

不过，诗歌这种艺术形式的魅力，即在于其语言的"朦胧模糊之处"。诗歌中所歌颂的你，可以是任何人。诗歌中的这里，可以是任何地方。那是轮廓并不十分鲜明、稍稍有些模棱两可的语言。正因为如此，才能够在广阔的范围中有所指涉，甚至直击心灵的最深处。

这种情况，与小说、电影以及电视剧等"物语的世界"是相通的。当然，我做演员不是为了别人，而是为了我自己。但自三月十一日以后，我开始想，如果自己的工作能够为某些人带来生活的力量，那该有多好！这样说可能有些词不达意，但不管采取什么手段，"在那里"都是非常重要的，我始终这么认为。

自二月中旬开始拍摄的电视剧，即将迎来尾声。而不知在何处游移不定的我内心的那一部分，在拍摄结束时应该就能归来了吧。

在电视剧《南极大陆》拍摄现场

含含糊糊的话语

坪内稔典先生的随笔《俳句型的人 短歌型的人》(岩波书店出版),把日本人分成 "长岛茂雄——野村克也 ①" 这两大类型。主观性强、热情洋溢、时而会自我陶醉的长岛先生这一类型,是 "短歌型的人"。客观冷静、勇于自嘲、具有滑稽精神的野村先生这一类型,属于 "俳句型的人"。

稔典先生进一步举出了 "森鸥外——夏目漱石" 这两大文豪的大名。在这里,鸥外是短歌类型,漱石是俳句类型。两大文豪之间的差别很具对比性,短歌和俳句这两个文类也各具鲜明特征。以这两组对比为基准来看时,近代文学之中的日本,逐渐显露出本来面貌。真是非常有趣的诗歌论。稔典先生还举出了下面的例子:"大江健三郎——井上厦""曾野绫子——田边圣子"。把这种分类法套到演员身上也非常有趣。"堺雅人身上两种类型的比例是八比二,属于俳句类型的演员",应该是这种结论吧。

这种对比不仅限于人或文学,还可以广泛应用于其他

---

① 长岛茂雄、野村克也都是日本著名职业棒球选手、教练。

方面。

比如说，我认为大部分的台词技巧，都可以概括为"歌颂——痛击"这两个动词，这种对比关系也和"短歌——俳句"类似。虽然因地因时而异，但当我看到"我在这里，呦"这句台词时，总感觉百分之八十的情况都是要"痛击对手"。这种情况下也有演员会选择"歌颂式的台词技巧"，可见堺雅人果不其然正是八比二的俳句型演员。

或者干脆极端一些，把这种对比简单化，以"曲线——直线"来表现对比关系，这时会如何呢？"绕来绕去、弯弯曲曲、飘摇不定"的是短歌，"笔直畅快、干脆利落"的是俳句。这样一来，还可以表现为"花朵——果实"之间的关系。进一步展开，还可以说成"歌唱——讲述""虚构——纪实""巫术——科学""梦境——现实""感情——理性"这样的对比关系。

不过，这样一来，事情就变得稍微有些麻烦了。短歌和俳句都是"诗歌"。和评论、随笔等文学类型相比，诗歌的语言具有"弯弯曲曲、层叠连绵"的特征。那么俳句就是"诗歌这种弯弯曲曲的文学中相对直率的类型"啦？不，假如真要那样来比，和法律、数学等比起来，"文学"本身又显得蜿蜒曲折了。那么俳句就是"弯弯曲曲的文学中的、更为蜿蜒曲折的诗歌中的、较为干脆利落的类型"啦？进一步来看，如果和挥汗如雨的体育运动比起来，文学、数学这些"学问"又显得有些忸怩作态了。那么俳句又成了"磨磨唧唧、磨磨蹭蹭、软弱无力的类型中的、稍显干脆利落"的文学类型。这样说来无穷无尽，还是赶紧停下吧。

在日本，上述对比甚至可以追溯到"绳文——弥生"的关系中。绳文人生活在绵延不断的群山和蜿蜒曲折的河流之间，攀爬在凹凸不平的裸露岩石上，吃着各种各样的食物。而弥生人却生活在涨满了水的稻田边，集中栽培、种植稻米这单一种类的植物。我们现代人虽说是二者的混合类型，但"歌唱、舞蹈、祈祷、表演、做梦"这些长岛茂雄型的要素，主要从前者继承而来；而冷静地观察自己的野村克也型的技能，主要来自于后者。

我要在电视剧里演一位习剑之人。

"刷刷"地翻过几遍剧本之后，发现里面大部分都是战斗的场面。自己的体力究竟能否坚持下来呢，从现在就开始心惊胆战起来。

这次的角色在很多时候都是沉默不语地挥动长剑，对于"喜好调查、分析、用语言加以说明"的俳句型演员来说，这也是一种非常宝贵的体验。故事的舞台位于鹿岛、香取等地，这些东方土地上的人们，自古以来就靠着蜿蜒曲折的水路繁衍、发展，繁盛至今。

我要好好努力，我想用含含糊糊的声音说出这句话。

在电视剧《南极大陆》外景拍摄期间，造访了很多地方。

这是昭和时候的城镇布景。

在海边

在山巅

在船坞。（我站在左边。能看到吗？）

禅与密

有一个时期，我特别喜欢琢磨禅语，感觉如同翻阅表演技巧相关的书籍一般适意。那是在我二十八九岁的时候，当时通过工作渐渐能挣到一些钱了。

当时我自己完全没有任何的表演理论（现在也还没有），内心非常不安。值得庆幸的是，禅语具有"直指人心"的特点，理解之后可以立刻运用到表演中。比如说这一句——看脚下。注意看脚下。不要另外再去他处探求什么真理。如果表演的条件不够完备，不要发牢骚，就在此时此地努力即可，答案会自然显现。

还有一句——莫妄想。不要痴心妄想。不要只顾着想将来要如何如何，而忘记了对"此时此地"的关注。不要沉迷于自己对未来的规划而在表演中打马虎眼。

不过，对禅的肤浅、一知半解式的理解也有其缺点，容易给人造成"卖弄、摆架子"的负面印象。大肆宣扬一些并不成熟的演技论的演员，也是一样。从积极的一面来看，内心摇摆不定、忐忑不安这样的空隙和体验，对于演员来说也是非常必要的。

最近我在一部电视剧中扮演冢原卜传。这是一位在日本室町时代①叱咤一时的剑豪。在这之前，我一直有种"剑禅一如"的想法，但就卜传而言，他更多地受到了密教的影响。

鹿岛和香取等地的剑派，现在仍然保留着念九字真言护身咒、结手印等传统。这是密教流集中精神的方法。在性命攸关的时刻，与禅相比，这些修行方法更具实际效力。

在我这样的外行人看来，禅与密正好完全相对。借用上回文章中的比喻来说，"禅是野村克也类型的"，"密是长岛茂雄类型的"。最终的目的地相同，都是"悟"，但到达该目的地的行程却全然不同。

在向着"悟"这一"那边的世界"前进时，禅是从"那边，并不存在"这种强烈的想法开始迈出第一步。随后，禅最大限度地削减自己所在的"这边"的地面。因为几乎所有的"这边"，都是作为"那边"的布景搭配而存在的。当以近乎疯狂的热情投入到这项工作中时，就会感到好像脚下只剩下了"此时此地"这样针尖大小的一点而已。而这一定就是禅所称的"那边的世界"了。

与此相对，密教要求用整个身体去相信"那边的世界"的存在，这是修行的起点。然后单纯地、不加怀疑地、尽自

———————

① 室町时代（1338—1573），是日本史中世时代的一个划分，名称源自于幕府设在京都的室町。

己所能地飞速前行。那种行为，就好像是在向着虚空喋喋不休地说个不停。但当达到了狂人般亲密诉说的程度时，不定什么时候，或许会有回声传来。

历练之后悟到的禅的"此时此地"，如同吹毛断发的剑锋一般锐利。而密具有的"活泼生动的感觉"，却把作为杀人工具的剑导向了更为广阔、丰富的世界。如果可以，我想把禅与密二者的魅力都用到这次的角色身上。不过，"禅与密的中间境地"是否真的存在，我并不确定。

——"坚守到底，但也要学会轻松放手"，这句话并非禅语。这是英国的大导演彼得·布鲁克的名言（出自《破茧》，晶文社出版）。

——Hold on tightly，let go lightly. 原本非常洒脱的对偶句，经高桥康也先生翻译之后，带上了几许禅味。下面是我对这句话的意译。

我认为，并不存在绝对的真实。真实只存在于某一个特定的时间和地点，并不存在绝对的真理。

不过，为了能够生存下去，人必须绝对相信自己现在所处的场所。我们必须集中全部精力，牢牢地立足于"此时此地"。

世界在随着时间而不停地变化流转。无论是"这边"，还是人们向往的"那边"，都在不断变化。即使如此，我们也不得不全身心地存在于"此地"。如果不这么做，"此地"将不复成为"此地"了。不过，另一个我喃喃低语道："不要过于固执。坚守到底，然后轻松放手。"

　　或许，类似于这样的气息，就是"禅与密之间"的感觉。话题绕了一圈，重新回到表演论上来。不要大谈特谈这些似懂非懂的宗教论，还是好好思考表演的事情吧。我好像听到了来自神明的当头棒喝。

　　看脚下，看脚下。不好意思，我知道啦。

《冢原卜传》拍摄中。
和导演佐藤峰世先生在一起

在茶屋稍事休息

军 刀

电影《太阳的遗产》已于日前公映。故事发生在昭和二十年(一九四五年)八月。我在里面演一位年轻的陆军少校。

军人到了一定的级别,都在腰间挂一把军刀。在习惯之前,军刀其实非常碍事。实际上,在第二次世界大战末期,曾经有很多临时士官因为脚被军刀绊到而摔跟头。

军刀难于驾驭,首先在于其不稳定性。只是用钩子勾住挂在皮带上,走起路来难免会叮叮当当地大幅晃动。当然也可以把军刀摘下来,那样就不得不一直握在手里。因为太过显眼,稍不认真对待马上就会露出马脚。从各方面来说都是一件难对付的道具呢。

这次拍摄虽然没有因为军刀跌倒过,但适应起来也确实花了不少时间。比较起来,演武士的时候要轻松很多。武士的刀是插在腰带上,和身体成为一个整体。与军刀相比,用起来方便很多。

我的角色是一位精英军人,隶属于由天皇陛下直接授刀的"恩赐军刀组"。这位军人一定对军刀怀有一种特别的感情吧。在拍摄现场,我央求剧组的佩饰道具师,在没有镜头的时候也尽量让我多接触接触军刀。开小灶的效果立竿见影，习惯了以后，就连使用上的不方便仿佛也成了军刀的一种魅力。

站着的时候，军刀的刀刃要朝后。用左手摁住，以免晃个不停。坐着的时候刀刃要朝向正面。坐下时，先用左手嗖的一下摘下挂钩，在手心里啪的一声快速调转刀刃。嗖的一下，啪的一声。整个动作都在左手上完成。刀和皮带用皮扣连在一起，因此还得注意不要绕进皮扣里去。站起来的时候做相反的动作，先啪的一声翻转过来，再嗖的一下挂上去。作为演员来说，"嗖、啪"这样在表演中给动作注上音调，也是一件有趣的事情。做动作时要挺直身子，节奏干净利落。在这部电影中，我塑造角色的功夫，好像都花在"用手熟练掌控军刀"这一件事情上了。

众所周知，军刀是从西方军队引入日本的。

军刀的正式规格制定于明治八年（一八七五年）。在此前一年，政府颁布了废刀令，没收了士族的佩刀。最初的军刀又细又轻，后来慢慢地沉甸甸的日本刀变成了主流。

"失去容身之所的武士们的刀，找到了再就业的机会。"应该会有人这么认为吧。实际上，很多与刀剑产业相关的人们，因为军刀才免于陷入失业的困境。

其实，作为武器，军刀几乎没有任何实际意义。在近代战争中，指挥官拔出军刀肉搏的时点，正是战斗即将结束之时。尽管如此，帝国的军人们还是一直随身挂着这刀锋锐利的铁块儿，一挂就是近七十年。他们既没有把刀插入腰带，也没有简化佩戴程序，虽然这会白白牺牲他们的左手。当然，这到底是崇高还是滑稽，还要具体问题具体分析。

在我的印象里，总觉得军刀是"和洋折衷而产出的废品"。是在日本与西洋并未彻底融合的情况下出现的走形的部分。是因溶解不充分而积存在烧杯底部的沉淀物。是生物移植之后的排斥反应。而且，这也正是我心中对"日本军队""大日本帝国"所抱有的印象。

昭和二十年[①]八月十五日。这一天，军刀连同军队和国家，一起走向了终点。改头换面之后留存下来的武士的刀，也在这一天彻底结束了自己的生命。我演的那位陆军少校，最后只剩下一把军刀握在手里。

如果太平洋战争没有发生，那么到了二〇一一年，刀会是什么样子呢？可能是最近在拍一部武打剧的原因，我想到了这个问题。刀会是常伴左右的日常性存在吗？还是说会演

---

① 即一九四五年。八月十五日日本投降。

变成别的某种便于使用的东西呢——

对于现在的我来说，刀是一种非日常性的存在。在演室町时代的剑豪时，不知不觉之间我也会忘记他是"存在于和我临近的、连续的时间之前的人物"。可能在我的意识中认为，以二战战败日为界，在那之前的历史，都和我毫不相干。

时至今日，电影拍摄完成已经一年多了，但我的左手还是不时会记起军刀的触感。那种粗糙生硬的存在感，依然让人觉得难于应付。或许，我在那部作品中所使用的，是日本最后一把"活着的刀"。

正在拍摄《冢原卜传》。在鹿岛神宫拍外景。打瞌睡呢?

在演员休息室里写稿子

家与哈姆雷特

十月八日，今年拍摄的第一部电影《丈夫得了抑郁症》公映。电影讲的是漫画家的妻子、被诊断为抑郁症患者的丈夫和他们的宠物美洲蜥蜴一起生活的故事。

他们一家人住在一栋老旧的房子里。

"从西所泽站步行十五到二十分钟即到，一座已有三十年房龄的木质平房，每月的房租约为十万日元"，这是导演对房子做出的提示。

屋子里有厨房和宽大的起居室，房间有三个。屋子外面是一个向阳的小院子，还有一道长长的走廊。虽然是在摄影棚内搭建的仿制品，但这座房子总让人心生怀念旧日时光之感，是一座很不错的屋子。

整栋房子的布景舒适、惬意，能够做到这种程度，非常难得。能够在轻松的氛围中开始表演，每天往摄影棚里跑也成了一件乐事。而且这部电影中大部分的场景都是在家里发生的，这样一个能够让人静下心来的空间，确实对表演非常有帮助。

在影视作品中，家里的布置如何非常重要，能够告诉演员所演的角色是一个什么样的人。那个人在自己的人生里最重视的是什么，在什么时候会放松下来。看了人物日常起居的屋子，这些问题都能了解一个大概。

这次电影中的布景不仅房间数量多，而且家里堆满了夫妇二人喜欢的东西，家具、日用品、唱片、衣服、餐具等一应俱全。好像我在扮演人物时，大部分时候只需要"盯着周围的东西看"就好了。这样一来，面对美术部的工作人员时，还真有些抬不起头来。

这样说来，在房间的书架上也摆满了有趣的书。有一个瞬间，我甚至觉得他们是按我的喜好挑选的书。当我因为突然想到了《哈姆雷特》正在发呆时，忽然发现这本书就摆在眼前的书架上，着实大吃一惊。真是让人高兴的巧合。

河合祥一郎先生的《解密〈哈姆雷特〉》(三陆书房出版)，是一本很有意思的书。我在几年之前读过这本书，它颠覆了之前我对哈姆雷特形象的理解，让人兴奋不已。

莎士比亚的这一著名悲剧，讲述了哈姆雷特"向杀父、夺母、篡位的叔父复仇"的故事。父亲的亡灵告发了叔父的罪行，了解真相之后的哈姆雷特却陷入了沉思，异常烦恼，迟迟没有走上复仇之路。因此，这位丹麦王子给我留下了"细腻""优柔寡断""只知道烦恼，总不见行动"这样的印象。

但是当我循着河合先生的思路，重新审视哈姆雷特的言行以及剧本写作的时代时，他"为什么不能采取行动呢"，以及他"究竟希望自己成为什么样的人呢"，哈姆雷特面临的情势以及他心目中理想的样子，都浮现出来。在读出上述内容的同时，我也认识到，以前的理解方式很是奇怪，"虽然不是很明白，但说到那个人啊，终究就是那样一种性格"，只会这样敷衍了事，而没有认真地、更进一步地去思考哈姆雷特这个人。至少我自己，以前都是这样去理解的。

现在的状态，并不一定就是哈姆雷特想要成为的那种样子。这好比打台球，砰的一杆击出之后，球改变了原来的路线。球停住的地方，并不一定就是击球人的目标地点。"究竟希望自己成为什么样的人呢"，四百年之前的剧中人，生动形象地唤起了人们对这一问题的想象。

类似的理解方式，同样适用于这次电影中的人物角色。作为一个扮演抑郁症患者的演员，绝对不能让思考停留在"我也不是很明确，反正就是那样一种病"这样的程度上。虽然人物非常多愁善感，但并不一定就是懦弱无能。说出来的话，并不一定就是最想说的。这些都是再正常不过的事情。令人惭愧的是，我经常只会关注角色的外表，而没有去深究"那个人究竟是一个什么样的人"，忘记了进一步深入地思考问题。

不会是有人故意把《哈姆雷特》放到了我能看到的地方吧。不管怎样，我在电影中的表演，大部分时候都是赖在家的避风港里不肯出去。面对美术部的各位，我愈发抬不起头来了。

太感谢了。回头一定要请您去喝一杯啊，若松先生①。

---

① 若松孝市，东京美工株式会社董事长，在电影《丈夫得了抑郁症》中担任美术指导。

家的布景是这样的

拍摄的时候，在厨房里休息片刻

此次的方法

现在正在拍摄《盗钥匙的方法》。

这是内田贤治导演时隔三年推出的电影新作。第一次和内田导演合作，是在他的上一部电影《放学后》中，这是第二次合作。

在内田作品的拍摄现场，演员几乎不需要做任何准备。导演对一切都已经成竹在胸。为了这部作品，他已经筹划了整整三年。从人物的表情、身体的动作一直到对话的节奏、声调等等，全部按照导演要求的来做就好了。其准确度之高，连老戏骨香川照之先生都赞叹不已："角色类型设计得完备精确，非常了不起。"像我这种水平的，更没有置喙的余地了。

这次我演的是一名"想当演员却屡屡受挫，以至于想要自杀的男子"。三十五岁，无业，单身。这种角色设定让我无法无动于衷。这样的一个男子，因为意想不到的事情被卷入了黑社会的纠纷之中。为此他不得不拿出演员的看家本领，发挥出自己的所有能力，咬牙闯过一个又一个的险关，坚持下去。

这还是我第一次演一个演员。说来惭愧，虽然这和自己现实中的职业相同，但怎样才能演得像个真演员呢，我还没有找到正确答案。这就像是让我去演"父亲"或者"日本人"这样的角色，感觉太过笼统，无从下手。此前我已经演绎过各种各样的职业，像官员、警官、教师、医生、漫画家、作家、记者、军人、马戏团成员、厨师、育婴师、美容师、公司职员，甚至还演过欺诈师、小偷之类。但像演员这样让我不得要领的职业，确实很少碰到。演员这种工作难道真有什么特别之处吗？

让我不得要领的原因之一，可能是因为演员行业"没有固定的职业服装"吧。演警官或者军人的时候，即使没有受过相关训练，只要一穿上制服，那种感觉就出来了。厨师的围裙、医生的白大褂、官员或公司职员的套装，也有同样的效果。难不成迄今为止，我都是靠衣装来表现角色人物的职业的？

又可能是因为演员是一种"不需要执业资格的职业"吧。在教师、育婴师这样一些必须要有执照的职业中，"取得执照就能胜任工作"，存在这样的标准。极端一点来说，如果能够答对美容师资格考试试卷上的所有问题，那个人就可以宣称自己是美容师了。

做演员却不需要执照、许可之类。这个行业往往需要"自报家门"。不过，自己报上了姓名，却并不意味着就一定能够被周边的人们认可。这里存在两个标准。一是自己打定主意要做演员。二是别人承认自己是一名演员。比较麻烦的是，这第二个标准具体是什么，谁也说不上来。

演员行业的另一个特征，是"只靠一个人无法展开工作"。漫画家画漫画，记者写报道，作家写小说，都是一个人独立工作。但演员就不行了。在没有接到工作合同的时候，甚至都不知道自己应该做些什么好。如果没有观众在旁边围观，表演一词也就无从谈起了。

进一步来说，演员可能是"不需要特技在身"的一个行业。像马戏团成员、欺诈师、小偷，他们都要具备必要的业务技能。那么，做演员是否也要有什么必不可少的技能呢？

演员必须记住剧本，记忆力确实非常重要。但是我也见过好几位著名演员，台词记得委实不怎么样。如果运动神经发达，对演戏也非常有帮助。但也不能因为一名演员演不来武打动作，就说人家不够格。

如此看来，演员确实是一个没有明确标准、一味被动接受、根本没什么特征的职业。

演员就是"虽然不知道自己到底能做什么、有什么特长，但还是下定决心坚持在那里"的人，估计只能定义到如此程度了。

仔细一想，在这次的现场拍摄中，对我也没有提出特别的工作要求。需要做的，只是"好好做好导演吩咐的事情"就可以了。在电影里，我演的角色要拼尽全力，但也不是在某种具体的技术方面，而是要有被逼上梁山之后义无反顾的那股劲头儿，"虽然不知道是好是坏，但既然已经闯了进去，就必须坚持到最后。"这里也是一样，内田导演早已经把正确答案准备好了。

　　哎，原来是这么一回事儿。

因为拍摄关系，进到了澡堂里面

孤独的方言

我手头有一本《新明解日语口音辞典》，打开封面之后最先入眼的，是一幅双联页的日本地图——口音分布图。上面分别用不同的颜色标识出了全国各个不同的方言类型，看上去色彩斑斓。

在这幅地图中，我出生的地方宫崎，被涂成了一片白色。"无口音地带"——宫崎被收入了这样一个听着有些骇人的空白地带。

"无口音"的含义，就是"还未能找出这种口音的规则"。这一地带把宫城、福岛、枥木、茨城、熊本以及佐贺等县都囊括在内。因为特征不明显，人们很难意识到自己的发音里带着口音。反过来说，这样的口音也最难改掉。

刚到东京的时候，看着这张地图，我非常愕然。本来是想消除自己的地方口音才买了辞典，没想到却被宣布说"你的这种口音，现在尚不明确"，从一开始就被开出了无可救药的诊断书，扼杀了所有的可能性和希望。

因为这个原因，当我在东京遇到同样来自无口音地带的人时，往往感到格外亲切。恨不得手拉着手说一声"你也受累了",以互相慰问。

不过,我的潜意识里,对关东北部的人们还是抱有某种类似于嫉妒的感情,总觉得他们"和繁华的大东京离得很近,就在边上"。我小的时候,周围几乎没有什么东京人。而佐贺和熊本两县,稍微抬抬腿就到了大都市福冈。宫崎整个县的人口是一百一十二万人,和一个仙台市的人口大致相等。

——说宫崎话的人本来就少;

——和繁华的大城市离得又远;

——不属于任何一个显赫的群体;

由此看来,宫崎话算得上是这个国家里最为孤独的方言了吧。

电影《向日葵与幼犬的七天》正在拍摄中。这是一个以宫崎为舞台发生的故事。

上面列出的宫崎话的特征,正是其被称为"不好掌握的方言"的原因。看着大家每天都在因这种规则不明确的方言而备受折磨时,我不禁抚胸感叹:"啊,幸好我是宫崎人!"这就是传说中的小人的最高境界了吧。

一起表演的演员里面,演我的孩子的近藤里沙和藤本哉汰两人的发音声调堪称完美。小孩果然吸收得很快。近藤的发音好,估计和她优秀的乐感不无关系。古人早就说过,"五音不全者不擅方言"。

中谷美纪的宫崎话也很好听。发音之标准自不待言,在一些特别的地方,还能带出她特有的细声软语般的"中谷调儿"。用音乐来说,就好比是编曲恰到好处、独有一番味道的演奏。

说起味道,小林稔侍和绪方义博二人的宫崎话里,都有着别人模仿不来的魅力。虽然这二位也在异口同声地感叹"真不容易啊",他们研究起宫崎话来却是异常热心。稔侍先生生于和歌山,义博先生老家是博多。他们的发音中时不时能露出各自家乡话的影子,这让整体上的腔调更显丰富。我们宫崎在江户时期缺少强有力的大名,宫崎话受到了很多其他地方方言的影响。他们二位的台词表演可谓真实地再现了这一历史。

吉行和子的方言堪称技艺精湛的典范。说来奇怪,每当吉行女士发错了音调时,我都非常感动。虽然发音说不上准确,但吉行的话语中总是包含着某些特殊的情感,作为表演来讲是完全成立的。吉行女士生于东京,应该是在不断的表演历练中积累起了不凡的技艺。她本人也曾笑说:"从剧团那会儿开始,就一直让我演乡下人呢"。果然还是非同一般。

若林正恭这次有些投机取巧,演一个"生于宫崎,后来在东京生活了数年,现在只会说普通话的青年"。不过,拍着拍着,他会不会因为周围人的影响,被带成微妙的宫崎地方口音呢？我不动声色地等着看他的表现。实际上，这种"隐约可闻的宫崎话"，才是在本地最常听到的腔调。

听大家讲着五花八门的宫崎话，土生土长的我乐不可支。感觉像是我把大家邀请到了自己家里做客一般（实际上已经好几次梦到过那种场面了）。

因为之前曾经对自己的口音感到惶恐不安，两相对比之下，这次的喜悦之情更加不同寻常。或者可以说，这是对孤独的一种回报吧。

啊，生为宫崎人，实在是妙不可言。

在电影《向日葵与幼犬的七天》的拍摄现场

重述获奖感言

前些日子在电影节上获奖，在颁奖典礼上发表了获奖感言。因为心情过于激动，几乎不记得当时说了什么了。下面的内容是我以手头的发言稿为基础整理出来的，"我本来想做一个这样的发言"，类似于道歉的一篇文章。还请大家多多支持。

嗯，这次因为三部电影作品把这个奖项评给了我，我必须抓紧时间，向多位支持我的人表示诚挚的谢意。

首先从《武士的家计簿》说起。

感谢原著作者矶田道史先生。他以新书的形式，让我们重新认识了猪山直之这样一位半被历史湮没的武士。

直之的业绩，具体来说就是"整理家族的借款"。初看上去，这似乎平凡无奇，但如果带着深沉的爱心去审视，就会发现，无论什么决断都有其自身的价值。这是我从中学习到的。在前景黯淡的幕府末期时代，直之一直坚持用自己的思维去思考问题，坚持按照自己的价值标准做出判断。他的这种形象极具魅力。

以非虚构的作品为原作进行电影制作，其难度不言而喻。在此，向参与电影制作的全体职员致敬。特别是石川县的各位。希望今后能够再多创作一些以地方为舞台的优秀古装剧。石川的鳕鱼和螃蟹都非常好吃！太感谢了。

以仲间由纪惠为代表的各位猪山家族的成员，谢谢你们对我的关照和支持。通过表演，大家结成了轻松愉快而又活跃的、具有加贺特色的家庭关系，你们都是我最最喜欢的家人。

电影《太阳的遗产》改编自浅田次郎先生的小说。

故事发生在一九四五年八月十五日，那恐怕是日本历史上前景最为黯淡的一个时期。故事的主人公真柴，是一位带着困惑、茫然和苦恼的指挥官。浅田先生，谢谢您！

佐佐部清导演、各位演职员，大家都辛苦啦。真柴的坚韧不拔的精神，和各位都是相通的。大家坚守在各自的岗位上，一个镜头一个镜头地辛勤耕耘，才创作出了这么优秀的作品。

对于一起演出的各位，我一直怀有一种类似于嫉妒的自卑感。特别是在面对二十位女生率真的直视时，大叔我始终有种招架不住的感觉。这种感受，对于真柴而言应该也是非常重要的。谢谢各位。期待着不久的将来能够再度合作。

下面说说《丈夫得了抑郁症》这部片子。

对主演宫崎葵，无论怎么感谢都不过分。在电影拍摄过程中，无论怎样表演她都能应对自如，令人赞叹。

这是继《太阳的遗产》之后，我与佐佐部导演的第二次合作。佐佐部团队中的温暖氛围，让我能够安心地投入到表现不稳定感情的表演中去。

还要对细川貂貂女士说一声谢谢。这部漫画作品，正是当时身处晦暗的薄雾之中的女士自身一步一步勇敢向前的印记。如果没有如此亲切、真实而又精彩的原著，我对抑郁症的态度，可能自始至终都会停留在隔岸观火的阶段，不得要领。

最后，向《武士的家计簿》的导演森田芳光先生，致以最诚挚的敬意。在进入会场之后不久，我听到了昨天森田导演与世长辞的消息，震惊不已。

听到这个消息，首先想起来的还是拍摄现场。当时有一个场景，要求我把散落在屋子里的算盘珠捡起来。就因为珠子发出"吧嗒、吧嗒"的声音时的节奏不对，导演让我们重拍了无数次。

在到达正确的目的地之前，哪怕要拖上周围所有的人，哪怕已经匍匐在地，也要继续向前——对于森田导演来说，现场拍摄就是这样的吧。有时候像是强大的巨人，有时候又像是手足无措、四处耍赖的小孩，他就是这样一位先生。

自三月十一日以后，这个国家的各个地方都在做着大小不一的各种决断。大家在各自的现场做出的一步步努力，必定能够推动前景黯淡的日本不断前进。

在电影界也是如此。今天聚集在这里的各位同仁，都在自己的岗位上辛勤付出。正是有了各位的坚守，我才能站在今天的舞台上。谢谢各位。

我不敢说自己是否真从森田导演那里学到了什么，但今后，我将尽自己所能，在自己认定的岗位上挥洒汗水，一步一步努力向前。

再次向大家致以最诚挚的感谢。

因电影《大奥～永远～（右卫门佐·纲吉篇）》的外景拍摄，造访了滋贺的三井寺。和主持小林庆吾师傅在一起。这座寺庙里的大钟非常有名。

光净院客殿。据说织田信长曾在此留宿，感觉自己也变成了不起的大人物了呢。

男女逆转

现在正在拍摄的《大奥》，是根据吉永史女士的漫画（白泉社出版）原著改编的故事。

该作品的特别之处在于"男女逆转"。在江户时代初期，一种怪病在日本蔓延，男性人口锐减，仅剩下相当于女性人口的四分之一左右。故事在此基础上展开。

在这一虚构的日本国内，几乎所有的工作都由女性承担，最高统治者将军也是女性。在将军的后宫大奥，选拔了很多男性来照顾将军的饮食起居。

故事中的虚构仅此一处，也是异常宏大的一处。除此之外，依照史实讲述了江户时代的主要事件，与历史并无矛盾之处。从吉永女士描绘出的"另一个日本"，能够看到女性非常活跃、男性越来越温柔的现代社会的影子，应该有很多人会这么认为吧。想到逆转这一创意时，作者该是多么地欢呼雀跃啊。

虽然没有吉永女士那样敏锐的奇思妙想，但几年之前我也确实幻想过，"如果全部由女演员来演《西游记》，会是何种景象呢"。

不言而喻，《西游记》是中国的故事。只身远赴印度取经的玄奘法师，是故事中的三藏法师的原型。

《西游记》作为小说成书于明代，但据说从唐朝末年开始，其故事情节就逐渐被创作出来了。在此过程中，原本孤身一人的玄奘身边被安插上了孙悟空、猪八戒、沙悟净等妖怪，热热闹闹地奔赴西天。

我想，这些相伴而行的妖怪的原型，或许正是"三藏法师的烦恼"吧。在艰难、孤独的漫长旅途中，三藏的心中必定会出现"好讨厌啊""真想放弃呀"这类感情，赋之以形，就成了妖怪。佛教教谕认为，三大代表性的烦恼是：

贪欲：贪婪，贪得无厌；

嗔恚：因为事情不能如愿，心生愤怒；

愚痴：愚笨，困惑。

其中，悟空是"嗔恚"的化身，八戒是"贪欲"的化身，这样理解他们的形象也未尝不可。

如果让年轻的女演员来演这些鬼怪，像"非常能干，但是心浮气躁，发起怒来无法控制的孙悟空"，"心胸开阔，但是贪吃，总想着恋爱的猪八戒"，那他们所代表的烦恼、刺激和恐怖程度，好像都会缓和不少。

相比之下，沙悟净的形象比较不好把握。

沙悟净并没有像猴子呀猪呀这样一些具体的、便于理解的原型。在小说中的表现也算不上活跃，很不起眼。

悟净原本是一名精英官员，在玉皇大帝身边当差。因为不小心打碎了玉帝的宝物，被罚受八百回鞭笞之刑，并且"每隔七日，就会从空中飞出一把利剑，直插其腹部"，多么骇人听闻的刑罚！为此，他下到流沙河中，成了吃人的妖怪。

在小说中，这整件事情全部是由悟净自己讲述的。对自己的过去，或许他稍微有点夸大其词，但这一"略显虚荣，自尊心强，时不时会撒些小谎"的角色，还是非常可爱。

此外，沙悟净的脖子上挂着九个骷髅头，全部都是三藏的头颅。三藏法师曾九度转世，九次都被悟净吃掉。如果把悟净看做是三藏"愁肠百结、烦恼愁闷、不时想要自杀"的内心心绪的化身，那么其性格就更为复杂，也就更为有趣了。这样，他可能就更加接近于"愚痴"的形象了。

不断平息、劝慰这些烦恼，并带领他们到达天竺圣地的，是三藏法师。如果由一位年长的男演员来演三藏法师，感觉就像是女子学校里的一位男班主任，接管了一个让人头痛的班级，想想就很搞笑。

在日本，先后已有多位女演员演过三藏法师。第一次上演歌舞伎版的《西游记》是在明治十一年（一八七八年），那个时候就是由旦角来饰演的三藏法师。三十年前的电视剧中，由夏目雅子扮演三藏一角。这已经成为一种传统，还是由女演员来演更为合适。

顺着胡思乱想一口气写了这么多，想停都停不下来。如果有哪位想就《逆转西游记》的拍摄和我进行深入探讨，自是求之不得。当然，如果对方能够念及最初提案者之谊，让我在剧中出演一个角色，那就必须高呼万万岁了。

什么角色我都可以演，马呀，敌寇呀，村民呀，都可以的。

为了写 CREA 杂志二〇一二年六月号的稿子，在京都各大咖啡店游历体验。这是在游形 Salón de Thé。

在 INODA 咖啡

善演的京都

因为电影拍摄的关系，在京都住了两个月左右。虽说还要工作，但能够在京都待这么长时间，着实让人欣喜。

到了休息日，我一般要睡到正午过后，起来后就去各大名胜地随便溜达。比如去岚山的时候，我的路线是从天龙寺开始，过了渡月桥，再到千光寺和松尾大社等地信步而行。如果还有时间，去广隆寺和木岛神社附近转转也不错。

有时候还会从鞍马寺一直走到贵船神社去。三个小时左右的行程，顺着传说中义经走过的山路走走停停，最后再泡个温泉，结束美好的一天。

鸭川沿岸的步行路线也不容错过。找一个悠闲的午后，顺序看过上贺茂神社和下鸭神社这两大胜地之后，在八坂神社迎来日落。最后再到先斗町去喝上几杯啤酒，惬意之至。

还有伏见稻荷到东福寺一线。还有妙心寺、仁和寺、龙安寺都值得一去。还可以从北山一直走到紫野。东山也很不错。

啊，真是梦一般美好的日子啊。

我想，京都的神社寺庙的过人之处，就在于"圣与俗之间的绝妙平衡"吧。

大德寺和建仁寺这样一些大禅寺，占地面积非常大，寺内有多处称为"塔头"的分院。有的塔头交钱就能进去，还有很多塔头是非公开的，不对外开放。那里是师傅们修行的地方，不允许一般人入内。

如果所有的塔头都闭门谢客，或许更有利于修行，但作为观光地来说就很划不来了。另外，不管建筑本身多么宏伟，如果没有了前来参拜、祈愿、学习的人们，那么也就丧失了其作为宗教设施的生命力。在我看来，这些大寺庙，正是通过"私密性塔头"和"开放性塔头"的绝佳搭配，抓住了信仰和观光之间的平衡。

或许还可以说，通过"禁欲性寺庙"和"热衷于商业的寺庙"二者之间的搭配，找到了圣与俗之间的均衡的，正是京都这座城市本身。在这里，"私人的生活空间"和"对外的待客空间"必定被严格地区分开来，各尽其用。

在生活空间中，僧人们潜心修行。而对外界敞开大门的待客空间，就好像电影里的开放式布景一般。在那里，我们这些陌生人也可以随意地进去歇歇脚，稍微体验一把僧侣生活的感觉。

我深深觉得，这座世界性的宗教都市，就像是"一座大大的房子，里面的一部分作为样板间对外公开"。观光客们交了一些钱，步入京都这座巨大的宅邸里面。工作人员们实际上就生活在那里，热情地迎接我们。

如果长时间惬意地待在客厅里，甚至会觉得自己仿佛成了真正的住家。京都特为这些长期停留的客人们准备了相应的服务项目，"故意装作若无其事，并不投其所好，像对待家人一般的淡然"。

当然，一切都是工作人员们的有偿服务。里面的房子是工作人员的生活空间，绝对不对外公开。

可以说，京都就是这样一座"全城都在表演的都市"。所有的观光地，或多或少都会带着些许"一本正经的神态"，但要论演技的精湛和细腻，京都堪称第一，无人能敌。自源平时代起长达一千多年的时间里，虽然不断有陌生人在前厅喧哗滋事，这块土地上的人们还是顽强地坚持了下来，生生不息。因此，无论他们的表演达到了多么洗练的境地，都无须惊讶。

在遍访京都的各大胜地时，我心中总有一丝隐约的罪恶感挥之不去。就好像是一个把自己的屋子搞得乱七八糟的人，踏进了打扫得干干净净的样板间之后，忍不住赞叹说："好温馨啊"，类似于这样的内疚感。把"活着究竟是怎么一回事情呢"这样本来必须自己面对的问题，不负责任地推给了别人。

在因别人的祈愿而一片清明的空间中，享受着舒畅的心情。

　　京都肯定替我们做了很多重要的事情。即便如此，因其演技之精湛，并没有让我们产生蒙恩受惠之感。

　　真是一个伟大的地方啊，我深切地觉得。

在电视剧《LEGAL HIGH》的外景地之国立科学博物馆

咖啡馆考

京都的咖啡馆的好处，就是让你在踏入店里的那一刻，忍不住想说："我来叨扰啦。"感觉像是到了朋友家里一样。

和东京相比，这座城市里的很多咖啡馆，更具家庭氛围。店面不大却很雅致，温馨得如同谁家的客厅一般，让人很想在此休息片刻。

在咖啡馆待着的时候，我大多是一个人。一个人读读书，写写文章（给这个杂志的连载稿件）什么的。——看书呀写东西呀，在自己家里做这些事情不是更好吗？我也是这样认为的，但不知不觉地就会扔下乱七八糟的房间不管，兀自外出。然后在能够静下心来的咖啡馆里坐下来，一边喝着咖啡，一边在心里感叹说："真像谁家的客厅呢。"换个角度来看，就好像是我通过付咖啡钱而"租借到了谁家的客厅"，这么说也未尝不可。

在京都的神社佛阁拜谒时，也会产生和上面类似的内疚之感。

如同上个月的稿子中所写，"把修行、祈祷这类本来需要自己亲力亲为的重要的事情，推给了别人去做"，是因此而生的隐约的罪恶感。换个角度来看，这就好比是我付了区区几百日元的参观费，就"租借到了某一家的佛堂或神龛"。

在京都付钱买票参观时，我每每都会心怀不安，"这点儿钱合适吗？"这并不是价格高低的问题。怎么说呢，假设票价是五百日元，那么这五百日元金钱的价值，从根本上出现了剧烈的动摇，是这样一种奇妙的感觉。即使按照面值付给了正确的金钱，也不会产生"两不相欠"的痛快想法，总觉得哪里没有理清。

或许当你觉得金钱不是用来"购买"某物，而是用来"租借"的时候，金钱就变成了这样多少有些不可靠的东西。或许在那个时候，内疚感、人们的善意、那块土地上流逝而过的时间等，这些金钱无法换来的东西，都附着到了价格之上。

当在京都的咖啡馆里休憩时，在我的心里面，把"理不清的思绪"附加到了咖啡的价钱上。这样，金钱的力量减弱了，作为客人的我心生谦逊之情，忍不住想说"打扰您啦"。

东京的咖啡馆却从未让我想到过"打扰"一词。那么，身处其中时我是怎么想的呢？大多数时候好像"什么都没有想"。理所当然地走进店里，在座位上坐好后点餐，喝完咖啡之后付钱。就是单纯的经济行为，简单而又自然，明确而又合理。没有任何的愧疚之情。

——"在整个日本，不管到了哪里，金钱的价值都不会改变。"这就是经济行为的基本原则。只要价值不变，就能够和很多东西发生交换。宫崎产的青椒也好，茨城产的青椒也罢，只要和金钱完成了交换，就成了一样的商品。不管是在恶劣的天气条件下辛苦劳作，还是哼着小曲儿悠然地收获，这些对于商品的价值不会产生任何的影响和改变。

金钱具有这样一种力量，能够剥除、消解掉各种东西上面本应存在的"特殊事项"。而且，这种力量可能把"堺雅人这一特殊事项"也给消解掉了。我成了一个单纯的消费者，只需放松即可，甚至还因此变得有些趾高气扬。

当然，京都的咖啡馆和东京的咖啡馆各有其长处和短处。不过，一想到遍布整个日本的地方都市都要变成"小型的东京"，我会兴味索然。而想象着日本遍地都是"小京都"，则会让人欢欣雀跃。同样的逻辑，也可以用于说明京都的咖啡馆的魅力吧。

今后我也会继续去京都的咖啡馆"叨扰"。小心翼翼地，又满心欢喜地走进去。

罪与恶

我正在一部电视剧中扮演律师。

——乖僻、毒舌、好挖苦人、喜怒无常、挥霍无度、人格分裂，就是这样一位性格荒唐至极的律师。

这是我第一次演律师。为此，我多次去地方法院参观学习，体验生活。旁听法庭审判，也是第一次。

法庭审判时，基本上任何人都可以自由前去旁听。大大小小不同级别的法庭都会正在进行"询问证人""辩论""判决"等各种程序，人们可以在前台查看当天的审判日程，直接去感兴趣的房间里旁听。

某一间法庭里，一位因盗窃被起诉的六十几岁的大叔，正在对自己的所作所为做出说明。他的口气理直气壮，甚至还有些洋洋自得。他就小偷的惯用手法、需要注意的地方、规矩乃至要领等进行了毫无保留的说明，相当有意思的被告人询问环节。陈述完成时，大叔在我眼中俨然已经是一名手艺一流的能工巧匠，对他的崇敬之情油然而生。

还有一次，一位因持有兴奋剂被逮捕的四十多岁的男性，正在回忆自己的吸毒生涯。他讲的内容相当深刻，听着听着，我觉得自己像是正在和一位无法戒掉烟酒的朋友促膝交谈一般。我也有过戒烟体验，虽然痛苦的程度和被告全然不同，但那种努力寻求依靠的脆弱心灵，以及自我嫌恶的心情，我都深有同感。

旁听离婚诉讼时，心情就不那么愉悦了。在询问当事人环节，已经变心的太太、丈夫和第三者分别站在自己的立场上，主张自己的意见。三个人的虚荣、欲望和盘算纠缠在一起，相当难办。不过，事情虽然纷繁复杂（否则也不会闹上法庭），却也没有什么特别之处，多是老生常谈。在恋爱中某某受到了伤害等等，这样的情节多得数不胜数。

坐在法庭里旁听时，罪过和恶意渐渐逼近身旁。"好"与"坏"之间的界限，实则非常模糊，对此我感触良深。

反过来说，正因为如此，我们才希望借助某个人的力量，在二者之间划一条清晰的界线，把自己与罪恶分隔开来。犯罪和恶行被推到了"那边"，自己待在"这边"，我们迫切想要确认这一点，以使自己能够安心过活。

我旁听过的审判也就几场而已。不过是在一天里花上几个小时，从毫无责任的角度旁观罢了。即便如此，当审判结束时，我每每都会感到精疲力竭。

打个奇怪的比方来说，这多少有些像一个久未住院的人在医院里住了很长时间之后所产生的那种倦怠感。接触到疾病和死亡的气息时，胃部"咚"的一下变得异常沉重，就是那样的疲倦感。

在审判中，耀眼的聚光灯打到了欲望、仇恨、好逸恶劳、嫉妒等人类所有的"恶意"上。这些都是日常生活中人们不愿触及的危险事物，人们宁愿当它们根本"不存在"。这些赤裸裸的恶意，会让触及它们的人心生不安，感到疲惫不堪，有时甚至会被拖入无尽的黑暗之中。

法官和律师每天都要和这一强大的能量体正面交锋。这种工作简直如同在用裸眼直接观察太阳，非常危险。

我个人觉得，从事司法工作的人们，肯定已在不知不觉之间习得了一种"用来对抗恶意的防身术"。拿医生来说，对患者投入感情过多，恐怕是一件很危险的事情。既不能过于冷淡，也不能在拿起手术刀时和患者融为一体，那样估计连手术都做不成了。在医科大学里的六年时间，就是让他们找准"自己与患者之间的合适距离"的时间。

与此相同，律师们也必须通过修习法律，学会"与恶意保持正确距离"。不能过近，也不能太远，既非肯定也非否定，要始终保持恰当的距离。

我演的这位律师，通过不同寻常的古怪言行，让普通的生活染上了"戏剧色彩"，以此避免与恶意进行直接的正面交锋，这可能也是他个人独有的一种防身术吧。

　　演员也是一种需要处理应对嫉妒、憎恶等恶意的职业。特别是最近，我接演了很多"好人"角色。这次演的这位律师，确实是教给了我很多东西。

　　电视剧《LEGAL HIGH》，每周二晚九点，准时和您见面。敬请收看。

前往伦敦，在NHK的特别纪录片《不为人知的大英博物馆》中担任"导游"。

在空无一人的博物馆中各种摆拍

记忆术

从《LEGAL HIGH》开始录制到现在，三个多月过去了。

因为是法庭戏的关系，每集都有大量的台词。我试着数了一下，现在正在拍的第九集里，加上"怎么了""哎呀"这样一些短句，我的台词一共是四千一百五十字。顺便提一下，我写这样一篇随笔，大概也就两千字左右。对于每集都能想出如此大量文字的编剧，我只有表示惊叹的份儿。光是让我记住这些台词，就已经很有难度了。

刚觉得台词记得差不多了，马上就开始正式拍摄。我在剧中不停地说，不停地说，要记的句子却根本没有见少。我好像被扣在了一场盛大的、永无休止的流水宴上，透不过气来，没有喘息的机会。或者还可以说成类似于诗人石川啄木般的紧迫感，不停地工作，生活却一点也没有起色。又像是节奏不紧不慢，但却时刻空不出手来、停不下来的传送带。我自己也知道这种烦恼过于奢侈，我淹没在台词的浩瀚海洋里，每天都被压得喘不过气来。

接受采访时，经常会被问及"有没有记台词的窍门"这类问题。我当然没有任何窍门可言。记台词时，"翻开剧本阅读台词"，"合上剧本确认自己是不是记住了"，不停地重复直到正式开拍。如果真有什么秘诀，我第一个想要知道呢。

据说佛教有一种梦幻般的修行方法，能够使人的记忆力得到超人般的提升，即"虚空藏求闻持法"——在一定的条件下，口诵"南牟、阿迦舍、揭婆耶、唵摩哩迦、么唎、慕唎、莎缚贺"这句歌颂智慧之佛的真言，每天一万次，连续念上一百天。据空海说，如果完成了这项修行，就能够记住所有文章的意思了。为记台词而苦恼不堪的诸位演员朋友，请一定尝试一下这种方法。

古希腊诗人西摩尼得斯的记忆法更为实用一些。据说在某次宴会上，他以房间的柱子和家具的摆设等为参照物，记住了很多宾客的名字和坐席位置。记台词也是一样，"看到杯子时说 A 台词，盯着某人时说 B 台词"，把台词和事物结合起来记忆，应该是个好方法。

"伸出右手时读 C 台词，一边走路一边读 D 台词"，把自己身体的动作也加进去，应该更有效果。

"开始时语速舒缓，后面逐渐加速，在某个时刻大声吼叫，然后再窃窃私语"，这样借助于声调来记忆也不错。

如此想来，"说话"这一行为，不仅需要"思考、记起"等脑部作业，同时也离不开"吐气、动口"等具体的身体动作。

如果能把脑袋、五官和肌肉全部调动起来，记忆方法也就一下子打开了。

我在记台词的时候，一般是"在咖啡馆里读剧本，觉得好像记住了的时候就走出店门，在街上一边溜达一边唧唧咕咕地小声背诵，遇到实在记不清楚的地方，就到最近的咖啡馆里去重新翻看剧本"，无数次地重复这些略显怪异的行为。把头、眼、脚三部分全部用上，更容易记住东西。

不，或者索性极端一些，是不是可以认为"记台词靠的不是脑筋，而是身体"呢。不要考虑任何多余的事情，聚精会神地盯着文字，动用嘴巴阅读。像吸气一样阅读剧本，在正式拍摄时把词句吐出体外。相信台词本身具有的力量，集中于这如同呼吸一般的重复记忆行为。

或许，虚空藏求闻持法向我们传授的，也是同样的境界。虔诚地相信颂佛的真言，只管持续诵读便是。在背诵别的文章时，也要怀着同样程度的热情去做。不是仅靠头脑来理解，而是要把五官和感情全部调动起来，用整个身体去全力体验。

虽说远远赶不上佛教要求的一天一万次诵读，我咕咕哝哝满嘴台词的生活也持续了近一百天了。或许，我的台词记忆也已经出现一些变化了呢。

在《LEGAL HIGH》的外景地

成田市，大野屋旅馆

雨和卡拉马佐夫

《LEGAL HIGH》的拍摄结束了。下一部《大奥》将于八月初开拍，整个七月我都可以轻松地度过。

恰逢阴沉潮湿的梅雨时节。在毫无清爽可言的天气里，我一般会在附近悠闲地散散步，然后坐到咖啡馆里迷迷糊糊地盯着剧本看。

在《大奥》里，我演一位名叫有功的心地善良的青年。他出身于京都的公家贵族，曾一度出家为僧，后来在江户幕府的威逼下被迫还俗，被卷入到了当政者的权力之争中。

现在手头拿到的还只是称为预备稿的临时剧本。可能是这个原因吧，无论怎么读剧本都觉得差那么一点点，不能完全置身其中。有功的形象，如同氤氲在烟雨蒙蒙中的景色一般，始终还是模糊不清。

很久之前，我曾有过一个无聊的想法，"只要把卡拉马佐夫兄弟们组合搭配起来，就能塑造出大多数人物角色"。这里指的是陀思妥耶夫斯基的小说中出现的兄弟三人。

长兄德米特里，个性耿直爽快。虽然不断有麻烦上身，却称得上是一位热血好汉。

二哥伊万头脑冷静明晰，是虚无的无神论者。他的思维异常敏锐，有时甚至会把自己逼向疯狂的深渊。

三弟阿列克塞是一位圣职人员。他性格腼腆，忠厚老实，但在神灵附体时又会展现出狂热的一面。

小说日文版的翻译者龟山郁夫先生在解说中写道："通常认为，兄弟三人分别是真（伊万）、善（阿列克塞）、美（德米特里）的体现者。"（光文社古典新译文库《卡拉马佐夫兄弟　五》）换成通俗一些的说法，就是帅气洒脱的德米特里、聪明的伊万、善良的阿列克塞。冒着被骂的风险，借用哆啦A梦中的人物说得再通俗一些，就是有男子汉气概的胖虎、能言善辩的小夫、心地善良的大雄。也可以说分别对应着身体、头脑和心灵。

我的想法就是，可以把这三者看成是颜料或光的三原色一般，按照一定的比例搭配起来，用以说明诸多角色的特征。比如来看莎士比亚作品中的人物：

哈姆雷特→胖虎 30%、小夫 50%、大雄 20%；

麦克白→胖虎 80%、小夫 5%、大雄 15%；

罗密欧→胖虎 50%、小夫 10%、大雄 40%；

可以搭配如上。

之所以会产生上面的胡思乱想，是因为我觉得"有功和阿列克塞很像"。但在有些场景下，把有功看做胖虎和小夫二者的合成体，也非常有趣。一般而言，要素有三，听起来显得很是正式。用两个要素也能说清楚，但如果再加上第三个，性格就会更加复杂化，也会更有趣起来。

这样说来，从上历史课的时候起，我就搞不清楚"三位一体"这一术语的意思。"圣父"是神，"圣子"是基督，到这里我还能明白，但说到"圣灵"，我就搞不懂了。中泽新一先生在《三位一体模式》（东京丝井重里事务所出版）一书中，把"圣灵"解释为"不安定的、不可预测的、可以增殖和传染的东西"。这本书本身相当有趣，但在对圣灵的描述上还是一样的模糊不清。又或者说，人们正是"把不能明确说清的力量称为圣灵"。在我们能够认识到的"圣子"的内部，"圣父"在控制着变化无常的"圣灵"。三者共为一个整体，就是神。这就是"三位一体"的意义。

如果把"圣父、圣子、圣灵"置换成"头脑、身体、心灵"，是不是显得太过无礼了呢。毫无疑问，正是因了圣灵的存在，才给基督教的神注入了生气，也使其更具神秘性。

在思考自己所演的角色时，我总是试图把该人的性格整理成便于理解的、明确清晰的东西。不过，人类本来就是不可把握的、模糊复杂的一种存在。

夏天要演的有功，现在看来还是如同被雨水洇湿的墨汁，只是一个模糊不清的轮廓。这样也好。到了出梅的时节，很多事物都会慢慢变得清晰爽快起来。到那时候，估计就能拿到正式的剧本了。

《盗钥匙的方法》在上海国际电影节上展映。

这是在电影节开幕式的会场。

"自由研究"之研究

　　中学时候的暑假作业中，每年都有自由研究这道题目。

　　记不清是几年级时候的事情了，我曾经做过一次"蜘蛛巢的研究"。把络新妇蜘蛛捉回来后放在屋子里，观察它如何织网。那时候是中学生吧，当然写不出什么了不起的论文来。当时也就是画了几张涂鸦般的几何学图样，仅此而已。

　　结果，暑假结束后，老师让我在全班同学面前宣读作业，赶鸭子上架，没法偷懒了。这个班级宣读，同时还兼有为学校的例行活动"自由研究发表会"进行班级预选的作用。被评定为优秀代表的研究课题，将在该大会上向全校师生宣读。

　　我们这一学年最优秀的研究成果，是"牵牛花为什么会在早晨开花"，由 S 君花费三年时间完成。S 君在不同的温度、湿度、光等各种条件下培植牵牛花，最后得出结论认为是叶子制造出的某种物质让花儿开放的，确实是划时代的伟大发现（起码大家都是这么认为的吧）。

　　这位畏友后来在自然科学的道路上不断前进，成了一名真正的学者，现在正在冈崎的国立研究所里进行基因组解析。

　　顺便提一下，该研究所里也有牵牛花方面的专家，但为什么牵牛花会在早上开花呢，据说那位专家也"不是很清楚"。还是中学生的时候，S君就已经着手于最前端的研究了。真是了不起啊，S君。

K君的"小松川源流探秘"，也是一篇非常有趣的报告。

小松川是从我们学校旁边流过的一条河流，脏得吓人。K君的计划是，沿小松川溯流而上，找到未被污染的河水源泉，通过这种行为来呼吁提高水质。K君意气风发地骑着自行车出发了，但走了又走，走了又走，一直没能找到干净的河水。骑行了数个小时之后，最终发现脏脏的小松川消失在了暗渠之中。可怜的小松川，打从头儿上就从没有干净过。"所以，小松川并不需要特别治理"，结语处K君的这一声悲痛的呐喊，在很多学生的心中留下了深刻印象。K君现在是耳鼻科医生，据说医术很好。

O君的题目是"自动铅笔笔芯强度研究"，调查H、B、HB几种型号的笔芯哪种最不易折断。实验本身非常有趣，但遗憾的是，得出的结果如何，包括本人在内，谁都不记得了。O君现在是汽车维修技师。能不能在工作之余重新调查一次呢？

M君是阪神老虎棒球队的忠实球迷，他以"阪神为什么实力差"为题，写了一篇饱含激情、洋洋洒洒的长文。十年之后，他去了阪神队的宿敌巨人队的大本营——东京巨蛋的宾馆里面工作。

H君把弟弟掉落的牙齿放到可乐里，密切观察牙齿逐渐被腐蚀的样子。他的报告，给我们的饮食生活带来了巨大冲击。他现在在肉制品公司上班。

M同学用连环素描记录下了面包发霉的过程，她从农学部毕业之后结婚，婚后和丈夫开了一家饮料公司。

用大豆做成了豆腐的O同学现在是全职家庭主妇。她每天都在亲手做着美味可口的饭菜吧。

现在是系统工程师的Y君，当时编出了能解二次方程式的电脑程序。那该是多么伟大的一项工程啊！当然我是理解不了啦。

"金字塔能量是否真的存在呢"，研究这一课题的N君现在在一家专利事务所工作。

"哪个厂家生产的食品保鲜膜最结实"，对此展开调查的T同学，做了十多年老师之后，成为了一名芳香疗法的心理专家。

考察"河童是否存在"的M同学，现在是一名托儿所的老师。

选择"日本的贸易不均衡"这一艰涩题目的另一位M同学，现在走上了政治道路。

为了写这篇文章，和多年未见的朋友们取得了联系。整个过程就像回到了宫崎参加同窗会一般，让人怀念起当时的时光。

　　"当时做了什么研究""现在在做什么事情"，把这二者列在一起，能看出很多东西。成长的时光，没有变的部分，当时的希望和可能性，现在重视的东西，以及责任。如果把这些集结成一册文集，肯定会非常有趣。

　　对了，在我们学校，选择自然科学类课题的同学占大多数。或许和这个有关吧，之后选了理科的学生们，现在大多在愉快地做着研究。包括我在内的文科类同学的课题发表，基本没什么影响力，一般来说也比较无聊。

　　"宫崎方言研究""为什么宫崎在战国时代没有出现势力强大的诸侯""不筋道的宫崎乌冬面的历史"，当时如果想到了这些题目，我们文科类应该能够表现得更加活跃一些吧。

　　啊，还真有些不甘心呢。

电视剧《大奥》开始拍摄了

在龟冈市的走田神社

服装师

NHK 的晨间剧《奥黛丽》是我在京都拍的第一部戏。

这部电视剧的故事发生在"大京电影"这样一个虚构的京都的电影公司中。大部分的录制在大阪的摄影棚中进行，但偶尔也会跑到京都去，到位于大秦的一家真正的电影制片厂去拍外景。

这已经是十年之前的事情，但"铭印作用"这种东西真是非常可怕，一朝感受，终生难忘。直到现在，每当有人说起"京都的电影制片厂"，我脑中马上就会出现晨间剧时的各种印象。

比如，当时在电视剧中扮演"服装师"的，是有着彪悍的外表、让人望而生畏的磨赤儿先生。剧中有一个场面，女主人公带着脏兮兮的和服去服装组造访。她诚惶诚恐地和服装师搭话。对着这样的女主人公，磨先生面目狰狞，"刷"地射出了愤怒锐利的目光。那种眼神极具压迫力，换做是我恐怕早就逃之夭夭了。从此以后，"京都的服装师们都非常可怕"这样的固定观念深入我心。虽然之后在现实生活中遇到的服装师都很亲切，但电视剧的印象太过强大，我始终无法抹除那种先入之见。磨先生的表演出神入化，让人敬畏。

不过，在京都，惹得服装师大发雷霆的演员大有人在。虽然我没有亲身经历过，在冬季拍摄时，如果有演员对着火炉烤火，会被吼道"离火远点儿"（和服都烤焦了）；夏天如果流汗过多，也会被斥责。这样的例子不胜枚举。傲慢无礼的演员的和服腰带会被勒得很紧，还会被迫穿尺码不合适的布袜。类似这样的可怕传言也有很多，虽然到底是真是假无从求证。不过，无火不生烟，"服装师很可怕"的说法，看来也并非全无根据。晨间剧里的角色，或许也是基于大家一直以来所持的印象而塑造出来的。

想来，对于演员来说，之所以会觉得历史剧的服装师很可怕，是因为穿的衣服基本上都是"暂时借来的"。

据京都的服装师说，一套和服可能会连续使用五六十年。要用这么长时间，管理方面自然要非常严格。

但是，演员这种职业，却要求演员把穿的衣服、台词等和角色相关的很多东西都当成"自己的东西"。投入到表演中的演员，把借来的衣服也当成自己的东西来对待时，服装师就会站出来责备说："那并不是你的东西！"——在电影制片厂，这种争执肯定已经发生过不知多少次了。

在现代剧中，大多数的衣服都是"穿一次就扔掉"。因为衣服的设计很快就会过时，很难长期多次使用。拍摄一结束就会处理掉，或者有的干脆从一开始就找租赁公司对付了事。

如果老穿那样的衣服，肯定不会有"衣服是借来的，还要还回去"这样的意识。当然这说不上是好事还是坏事，当这些演员参演古装剧时，会产生"服装师很可怕"这样的感觉，亦属情有可原。

不，演员所借的，不仅仅是服装这一样东西。住的屋子，说的话，乃至照射进来的阳光，围绕着角色的一切，几乎都是有人给准备好的。当然，演员的工作就是要把这所有一切都当成自己的东西来对待，但是，如果能够认为自己的角色仅是"暂由自己保管的东西"，或许更为恰当。角色并不是自己一个人的东西，完全没有必要自己一个人硬扛着。

在京都拍摄的时候，我时不时会重新想起这些事情。京都这些可怕的服装师们，让我变得谦虚了一些，也让我稍微放松了一些。当然，各位服装师实际上一点儿都不可怕啦。

因为电视剧《大奥》的拍摄，从这个夏天起一直待在京都的电影制片厂中。在这几个月里，吉永史女士原著的精彩故事暂由全体演职人员代为保管。

每天都是高温酷暑，京都的各位，还请多多关照！

和小日向文世先生在一起。在剧中扮演父子

共 振

我在电视剧《大奥》中，扮演的是有功这个人物。

拍摄已经开始两月有余了，说来惭愧，"有功到底是怎样一个人呢"，对此我还处于懵懂状态。怎么说呢，这个人的表现过于好人，根本显露不出本心。为人十分谦虚谨慎，总是笑眯眯的，非常亲切。即使面对严酷的状况也不会逃避，而是正面对待，结果总能顺利解决。很容易同情别人，却不顾及自己的感受。这样一个找不到任何缺点的完美人物，在扮演该角色的演员看来，显得有些无法接近。

有功本来是一名僧侣。因拍摄需要，这次我还记住了两部经文。不，准确来说，是一部半。

第一部是《般若心经》，就是那部以"色即是空、空即是色"的名句而广为人知的经文。全文仅二百六十二个字，凝视经文里的汉字时，总觉得能够想象出其中的一些意思来。

难点是另一部《大悲咒》。将近四百字。而且，读了好多遍还是全然不懂意思何在。按照导演的要求，只要我在拍摄时能够诵经四十秒左右即可。虽然有些繁琐，请允许我把部分经文抄录如下：

"南无喝罗怛那、哆罗夜耶、南无阿唎耶、婆卢羯帝、烁钵罗耶、菩提萨哆婆耶、摩诃萨哆婆耶、摩诃迦卢尼迦耶、唵萨皤罗罚曳、数怛那、怛写"

感觉如何？能够稍稍体会到我那种绝望的心情了吧。

真正的和尚是怎么记住这些经文的呢，我对此一无所知。也许是每天诵读，读着读着自然就记住了吧。读经时，根本不需要想这想那，只刷刷地快速读过就好。只一味地配合着声源活动嘴巴就行了。

不过，当我随着耳机里传出的录音咕咕哝哝地念经时，一种奇妙的感觉出现了。自己声音的振动和耳朵里传来的声音节奏一致，产生出一种新的回声。虽说远未达到"调和"的境界，两个声音以某种节奏融合在一起，听来使人心情愉悦。这难道就是传说中的宗教性恍惚感吗？

如此说来，我在拍这部电视剧时也体验过类似的感觉。在粟生光明寺的阿弥陀堂，好几个人围坐在我身边诵经。

那是有功出家剃度时的一个场面。好几位僧人师傅围坐在我周围，口诵《般若心经》。那些声音的波长各不相同，交织在一起，互相缠绕，有时还会互相排斥，在一瞬间创造出了一个新的声音。区区数人就能够形成这般"不可名状的优美曲调"，在大规模的法会上，该是何等恢宏的壮美和声啊！

据传，"声明"是古代印度用来指称音韵学的术语。放到现在的日本来说，就是"和尚们诵经时的声乐"的意思。佛祖释迦牟尼禁止把教义写成文字，为了记住数量庞大的教谕，初期佛教引入了很多抑扬顿挫的曲调。

按照大的分类来看，我在阿弥陀堂听到的《般若心经》，还有我和着录音一个人小声地念经，这些都可以说成是"声明"之一。在日本，天平胜宝四年（七五二年）奈良大佛的开眼供养大会上，举办了大规模的"声明"。这一佛教音乐形式，对净琉璃、民谣等日本传统音乐也产生了巨大影响。

如同赞美诗和《古兰经》等，大部分宗教都把声和乐结合起来，使之成为一个整体。"让自己的声音和周围融合在一起，成为更宏大的音响的一部分"，这种宗教体验应该是非常重要的。

基督教那种响亮的和声当然很好，佛教的"声明"这样混沌的和声也非常精妙。和在一起的多个声音，并没有完全消解融合在一起，而是蠢蠢欲动，不断变化，形成了光辉璀璨的新的声音，同时却一刻也没有停顿过。这本身即是"色即是空、空即是色"（万物既无形状又无本质。如同某些东西偶然碰撞在一起时发出的声音一般。但那个时候，声音确实存在于斯）的世界。

或许在理解有功这个人物时，"声音"是一个非常重要的关键词。他从来都不是主旋律，而是一个和着某人的曲调在歌唱的人物。或者说，他本身就像是一个共鸣体，一直在传达着别人的声音。

　　顺便提一下，我煞费苦心记住的《大悲咒》，在第一集里仅用到了"南无喝罗怛那、哆罗夜耶、南无阿唎耶"这几句。只说了十五秒的时间。

　　……向着有功前行的道路，何其漫漫而修远。

在平安神宫

在金戒光明寺

声 音

　　我很不擅长唱歌，特别不喜欢在人前唱。

　　我基本上不怎么去卡拉OK。坐在旁边听别人唱固然是好，一旦被要求"唱首什么歌吧"，我就会手足无措。有一次电视剧完工后举行庆祝宴会，听说聚餐过后要去唱歌，我就赶紧偷偷溜掉了，找了间咖啡馆待着打发时间，等到唱歌过后去喝酒时再去和大家会合。

　　在中学一年级的时候，凭着"五音不全"这一冠冕堂皇的理由，大家让我在合唱比赛上担任指挥一职。在音乐课上，有一次测试要求一个人一个人地唱歌，就是那时候，同学们记住了我不会唱歌这一事实。在班会上，一位同学发言说："堺君还是不要开口唱歌为好，那才是为班级做贡献呢。"大家听了哄堂大笑，然后一致决定让我做指挥。顺便提一句，那次班会的主持就是我本人。甚至不需要举手表决，这一提议就通过了。

　　虽说只是一场校内比赛，需要指挥去做的工作还是很多。确定演唱曲目，在白天休息的时间和放学之后必须组织同学们一起练习。当有热心的女同学提出意见时要频频点头表示赞同,还得连哄带骗地防止想要开溜的男同学跑掉。这些工作,都由不喜欢唱歌的我去做。说来也有些过分,不知是何缘故,在那一年的歌唱比赛中,我们班居然以优异的成绩胜出。从此以后指挥一角就责无旁贷地落到了我身上,一做就是三年。

这样的我,怎么就成了合唱部成员了呢,这件事情至今还是个谜。

上中学的时候,我在吹奏乐器部里吹圆号。乐器部的顾问老师同时兼任合唱部顾问,在歌唱大赛的时候拉我去凑数,一年级时可能我就是这样被借过去的。

到了二年级,学校里来了一位全县有名的合唱队指导老师,担任合唱部的顾问。那时候按理说应该没有留下我的必要了,但直到毕业,我都是同时脚踏合唱部和铜管乐队两只船。可能是担任班级指挥的体验激起了我的兴趣吧。

合唱部里的大部分男生,都和我一样是被拉来帮忙的。但是得益于老师的专业指导,我们曾数次代表宫崎县参加演出。作为我本业的圆号,却吹得不怎么样,想来当时处理得确实不尽如人意啊。

说来好像有些矛盾,虽然"不喜欢唱歌",但合唱部的活动却让我非常快乐。说得随意一些,在合唱部里,和别的同学的歌声混起来,就显不出自己五音不全来了。最重要的是得找一位音程准确的人,紧紧跟在人家身边。部员们对此也都心照不宣，每逢大赛时必定会把我安排到正中间的位置上。然后我只要跟着周围的调子发声就可以了。

"我的声音"和在旁边唱歌的小伙伴的声音合为一体，变成了"不属于任何人的声音"。那种声响和其他的部分时而混在一起，时而互相碰撞，让会场的空气激荡起来，再次把我们层层裹住。我用整个身体感受着大家一起创造出的复杂而又丰富的振动，心情十分愉悦。

上次的文章里面写到了佛教的"声明"。

自己诵经时候的声音，和周围互相融合，形成了新的回声。这样说可能太过幼稚，不过那种感觉和我在合唱时体会到的快乐确有相似之处。

升入高中后我开始了戏剧活动，从那以后过上了和音乐绝缘的日子。平常我基本上不太听什么曲子，对唱歌也还是一如既往地不喜欢。初中三年的音乐体验到底对我有何帮助，还真说不上来。

不过，中学时代我还是学到了很多东西，我体验到了"混在别人的歌声中一起发声时的喜悦"，还学会了"不仅限于旋律或节奏，还要好好体味声音本身"，这些都对现在的我产生了影响。或者说，我甚至觉得可以把这些体验直接套用到表演上。不是独自一人唱歌，而是要享受"大家共同歌唱"的乐趣。

只是作为成员参与其中，也能获得快乐。

这样说来，作为老本行，我在吹奏乐部吹了三年的圆号，这种乐器也并不属于鲜明地主张自我的类型，而是把周围都温暖地包裹起来，发出柔和的音色。和小号、长号等其他铜管乐器不同，圆号的号嘴在演奏时朝向后面。圆号的管身团团环绕成蜗牛般的螺旋体，稳稳当当地托在两手之间，发出的声响好像被演奏者环手抱在了怀中。

可能是因为中学时代参加的学生活动的缘故吧，现在我成了一名合唱队成员型的人，而不是独唱歌手那样的人。

作为演员来说这究竟是好是坏，我也不是很清楚。

静悄悄的蜕变

在接受采访时，经常会被问到"堪称转折点的作品是哪一部"这类问题。我总是回答"没有特别的转折性作品"。每到此时，我都会感到似有一阵冷风吹过会场，心里觉得非常抱歉。"真是一个无趣的演员"，"难道他真的认为自己没有受过谁的关照，单凭自己一个人就成明星了啊"，前来采访的记者们或许会产生这样的想法。

自己是一个无趣的演员，这点我不想否定。不过说起转折点，我确实想不出来。在高中时加入了戏剧部，这就是我走上演戏道路的契机。但在当时也并未抱有"今后一定要做演员"这样的远大理想（当然，或许直到现在我也还称不上是一名真正的好演员）。

先不说转折点，说起我初次登台的时点，其实都有些暧昧不清。如果加入戏剧部就算正式入行，那我就是有近二十年演艺经历的行家里手了，不过这恐怕得不到任何人的认可吧。

第一次在买票入场的观众面前演出，是加入剧团的那年，当时我十八岁。在剧中演一个原始森林的土著，台词只有一句：

"小恐龙、小恐龙。"这场原本值得纪念的舞台出道作，却并未让我觉得有何特别之处。即使现在回过头去重新想过，也无甚感慨可发。

如果说第一次拿到出场费的演出才算是正式登台，那就到了我二十一岁的时候。当时我被叫去参加某演出方组织的公演。

演出的剧目是根据莎士比业的《麦克白》改编的新作。在新作剧本写好之前，我们暂且按照小田岛雄志先生的译本进行排练。结果改编的剧本到底没有赶出来，大家只好直接按照原著去演《麦克白》。

当时因为事出突然，演员的人数远远不够。主角都是由经验丰富的演员前辈们来演,而像"安格斯""洛斯""列诺克斯"这样一些不怎么重要的贵族角色，全都派给了我这个跑龙套的。结果怎么说呢，在这场戏中我上台的次数比主角麦克白都多。恐怕当时我演的那些人物，拥有苏格兰的大部分土地，都是国王级别的大贵族。

顺便提一下，当时在剧中演麦克白的是手塚通先生。在这场乱哄哄的闹剧中，他成功地号召起所有演员，顺利完成了公演。手塚先生在舞台上也是魅力十足，充满了感染力，小他十岁的我一直对他顶礼膜拜。直到现在，他都是我非常尊敬的前辈。

我第一次出演的影视节目是《山珍海味》。我和另外两人组成了男女三人组，在户外烧菜做饭，是一个五分钟的节目。这部作品让我体会到了拍摄的氛围，是非常宝贵的一次机会。

第一次接拍电视剧是在我二十二岁的时候。只有一个出场镜头，拍摄在数小时内完成。不知是过于紧张，还是因为只是一个不起眼的小角色，这次拍摄只给我留下了过程短暂的印象。

第一部电影，是大岛拓导演执导的《火星上我的家》。当时我二十五岁。"请保持外出游玩般的愉快心情"，对大岛导演这句亲切的话，我深信不疑，每天都特别快乐地往来片场。当时一起合作的还有四季剧团的老台柱子日下武史先生。"堺君的表演设计通常只有一种吧。不管什么都好，试着设计一下第二种如何？"这是日下先生给我的建议，一语中的，非常中肯。

以上就是我出道十年以来的简短回顾，还真说不上来哪个是重要的转折点。非要说转折的话，这一切都是转折。在各种各样的现场，从各种各样的人那里，一点点地学到了很多事情。说是松散冗长的演员人生，也未尝不可。

在回顾自己缺乏高潮的前半生时，我忽然联想到了"不完全变态的昆虫"一词。就是像蝗虫、螳螂这类的，从幼年到成年都没有什么大的变化的虫子们。

青虫→虫蛹→蝴蝶，这类"完全变态"的昆虫们大都有着明确、清晰的变化轨迹。从纤弱的幼虫开始，经过寂静的虫蛹阶段，最后破茧变成美丽的蝴蝶。与此相对，不完全变态发育的昆虫的一生是这样子的：蝗虫（小）→蝗虫（中）→蝗虫（大，有翅）。反复经过多次不起眼的蜕皮之后，它们一点点地长大。作为演员的我，可能和这类昆虫比较类似。

　　值此辞旧迎新之际，恭祝大家新年快乐，万事如意！在新的一年里，诚愿自己一如既往，渐渐地、慢慢地、一点点地继续成长。请大家多多关照！

在澳门出席亚太电影节

悼念

纽约。那个房间，就在这座能够俯瞰归零地的大楼里。

房间大概有两间教室那么大。在正中间摆放着一个看上去很大的沙发。墙上贴满了颜色各异的留言卡片，地板上堆满了照片、毛绒玩具等各式各样的物品。这里是为遗属们而设的，用以祭奠"九一一"事件中的牺牲者的房间。

我于前年三月进入过这个房间。当时我作为一部纪录片的记者，远赴美国。

恐怖袭击已经过去了九年，城市中基本已经看不到任何事件的痕迹。轰然倒塌的世界贸易中心大楼的遗迹，即这片通常被称为归零地的土地上，新的大楼已经拔地而起。

不过，直到现在，还是有将近一千五百位遇难者的遗体没有找到。搜寻工作在恐怖袭击发生半年之后就已结束。

事件发生之后，各种各样的追悼物品堆满了整个纽约。后来，这些物品被暂时存放到袭击现场对面那座大楼的一个房间里。这个房间由一个租赁公司改装而成，是为遇难者们安魂的地方。原则上只有亲属才能入内，每次进入的人数也有严格限制。幸存者们坐在沙发上，缓慢地度过一段时光。

这里是供他们共同使用的"虚拟客厅"。

给我留下最深印象的，是这个房间里的"热闹"程度。实际上这个房间沉浸在一片静寂之中，但当置身其中时，很快就会觉得自己仿佛待在一个喧闹的客厅里。

那种不协调，如同遗属们无处安放的心灵一般，让人深受触动。失踪的亲人，作为死者来对待好呢，还是作为尚在人世的人来对待好呢，谁都没有答案。在那里的，是九年时间里都从未有人触及过的"悬而未决的死亡"。

去年十一月，我出演的一部电影公映了。我演一位在交通肇事逃逸事故中失去了妻子的中年男子。

事故已经过去整整五年，这名男子还是沉浸在丧妻之痛中，无法重新站起来。家里的客厅还是原来的样子。妻子的衣服洗过之后无人收拾。连骨灰都弃置在桌子上。一有时间，他就一脸茫然地播放妻子临去世前录下的电话留言。

不过，是不是他所有的日常生活都停止了呢，也并非如此。他有条不紊地处理着工作，如果有人讲了笑话，也能够笑一下。

第一次读到剧本时，我就真切地感受到了其中的"不协调"。在男子的体内一定存在两个部分——活着的部分和功能暂停的部分。微温的死和僵硬的生，他把二者全都背负在身上。

就我个人的感想而言，读着读着剧本，这部作品逐渐展现出了"缅怀逝者的故事"主题。故事中这位心上突然出现了一个大洞的男子，为了悼念亡妻，更准确地说是为了找到悼念的方法而痛苦不堪。

对于这位男子来说，"头七""七七""一周年祭"这些现成的悼念方式都无法让他满足。在作品中，他连续做出了很多看上去非常滑稽的行为。为什么非要做那些事情呢，我当然无法理解。不过，那些可能都是他为了妻子无论如何都必须做的事情吧。

拿到这个剧本是在二〇一一年的五月，东日本大地震发生两个月后。读剧本时，不知为何我突然想起了纽约的那间"虚拟客厅"。回过头来重读时，我感到自己特别想和这名男子一起"凭吊些什么"。半年之后开始拍摄，又过了一年之后电影公映。从那一天算起快有两年时间了。

虽然那一天过去已经快两年了，"主人公摸索着属于自己的悼念方法，挣扎着活下去的故事"，今后也会大量出现。不，或许应该说，人类自从太古时起，就一直在不断重复刻画着这一主题，从未停止过。

电影《那夜的武士》现在也正在上映。

二〇一〇年，去纽约时拍的照片

在归零地。旁边是给我们做向导的警备员瓦尔特先生。

遗属们的客厅。我们得到了特别许可，进到了房间里面。

动物练习

在电视剧《LEGAL HIGH》中，我扮演一位名叫古美门的精明强干的律师。我对角色的演绎，是从去动物园里观察狮子开始的，去了好多次。

站在围栏前面，花时间仔细观察狮子走路的方式、坐姿、环视周围时的眼神，以及它对什么事物感兴趣，会如何集中注意力，等等等等。

同时，还要思考狮子为什么会做出那样的行为。走路时会动用哪些肌肉？重心放在哪里？什么样的身体结构才能生出这般力与美的结合？紧张的时候和放松的时候到底有何不同？在大自然中生活时，又会做出哪些动作呢？

分析完成之后，就要付诸实践啦。我尝试着像狮子那样让自己的身体活动起来。最重要的一点，是要明确动物的身体和自己的身体究竟有哪些不同。要抛掉一切人类常识，让自己像动物那样动起来。在那一个个动作上，肯定都有狮子自己的理由。

我演的那位律师的威严和魅力，全都是从这种模仿中得来的。在法庭上战斗时威风凛凛的样子，抓住对手的逻辑破绽时露出的锐利目光。对，我所扮演的古美门研介，就是通过"动物练习"而塑造出来的角色。

——对不起，以上全部都是虚构的。从很久之前我就非常向往这种练习方法，忍不住写在这里撑撑门面。不过，具体的方法我是参考了爱德华·D. 伊斯蒂的《方法演技》(剧书房出版)一书，因此上面的说明也还没有离题太远。感兴趣的朋友可以读一下。真是太失礼了。

我出演的一部电影马上就要公映，最近很多媒体都前来采访。

这部作品以人和动物之间的牵绊为主题，是一个温暖人心的故事。内容适合与家人一起前去观赏。但另一方面，剧中也有把无人饲养的小狗们杀死、处理掉这样的镜头，并没有回避现实生活中的阴暗部分。在此次的采访中，"对于生命这一问题，你怎么看"，"扮演保健所职员有什么感想"，这类面向成年人的提问很多。我非常欢迎这类问题。意外的是，与这些问题相比，让我觉得更加难以回答的，是"你喜欢狗吗"这一简单的提问。

虽然出演的是一部动物题材的电影，但自己是不是喜欢狗，对此我并不确定。不，我当然不讨厌狗，但当我看到爱狗人士们对狗的万般宠爱时，自己的爱狗之情突然变得不那么可靠了。看到我对这么基本的问题陷入沉默，电影公司负责宣传的人肯定会感到后背发凉、提心吊胆了吧。

狗就是狗，并不是人。"狗的幸福究竟是什么"这类问题，说到底人类并不清楚——我心底就是这么认为的。当然，狗教给了我们很多东西，是非常重要的伙伴。不过，"不清楚也是理所当然的"，这种想法才是最合适的。不了解才会激起兴趣，然后努力去了解。狗和我们是完全不同的，因此当达到心灵相通（人类兀自这么认为）的时候，我们才会受到深深的感动。

在前面介绍过的《方法演技》一书中，对动物练习做出了这样的说明：

"演员应该仔细观察周围的人，并灵活运用到角色塑造上。

"不过，通过观察人类来抓住人类的特征，实际上非常困难。为什么呢，因为我们人类并不善于区分自己和其他人。往往只能看到他人和自己的共同点，得出'所有的人基本都是相同的'这样的简单结论。

"研究和人类完全不同的动物的行为，能够帮助我们更好地理解，更加真实地表现人类自身——这就是动物练习的目的。"

可能我的表达不够准确，这部描述狗和人之间的交流的电影，告诉了我们类似的东西。说到动物练习，自己和动物在身体方面的差别肯定相当有趣吧。

　　电影《向日葵与幼犬的七天》将于三月十六日公映。

在电视剧《LEGAL HIGH》特别篇的拍摄现场

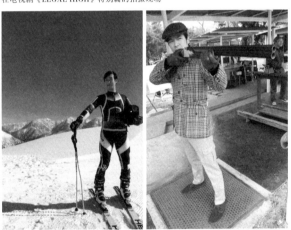

后 记

在此，我必须坦白一件可耻的事情。

在"序言"部分，我曾经说本书是对自己四年戒烟生活的记录，但实际上中间还是有过一段抽烟的时期。那是从二〇一一年的十月直到当年年底。就本书而言，是在写《家与哈姆雷特》《此次的方法》《孤独的方言》三篇文章的时候。

重新开始吸烟的契机，是电影《那夜的武士》。

在电影的拍摄现场，因为有的演员不吸烟，一般都会备有代用香烟。但是代用品的烟色和燃烧方法，都和真正的香烟存在微妙的不同，因此有的导演不喜欢用。在这次的拍摄中，我接受了追求真实性的赤堀雅秋导演的意见，决定使用真正的香烟。戒烟很久之后重新开始抽，感觉味道很不错，虽然承认这一点让人相当不爽。之前的习惯很快就找了回来，在拍摄间隙休息时，我也是一支接一支地抽个不停。

如果允许找个借口的话，当时我演的是一位"痛失爱妻之后自暴自弃的男子"。自我厌恶、罪恶感、放纵的心情，这些对于表演都是有帮助的。在内心的某个地方，我如是想。

而且我还设定了时间限制，打算最多抽三个星期就戒烟。

不过呢，不知道该说是机缘巧合，还是该说是不幸，在下一部电影《盗钥匙的方法》中，我的角色碰巧又是一名"半自暴自弃的、不得志的演员"。

这名男子在开始时甚至想要自杀，属于破罐子破摔类型，在整部电影中一直都在吸烟。这回吸的是代用香烟，我的香烟生活在满三周时如期打上了休止符。但是随着拍摄的进行，吸代用香烟竟然也成瘾了，停不下来。

这绝对是预想之外的情况。查了一下才知道，这种商品的原料和香烟同属茄科植物，只含有一丁点儿的尼古丁。经常听人家说"戒不了烟"，还没听谁说过"戒不了代用香烟"，说出去该多么丢人啊。而且，最近好像日本厚生劳动省① 也开始重视这个问题，代用香烟这种商品渐渐不那么容易买到手了。

之前在所有的药店都可以轻松购入，但最近"每人限购两盒"这样的店逐渐多起来了。因此，当在街上看到一家香烟店铺时，我马上就会跑进去找代用香烟。"我们店买多少都没问题哟"，一遇到这样的地方，我就会一次屯个十盒二十盒

---

① 日本负责医疗卫生和社会保障的主要部门。

的。简直就是在黑市抢货的心情，真是可悲。

在前一部电影的拍摄现场抽真正的香烟时，会觉得"我真是一个软弱的人啊"，因此产生一种奇妙的安心感。那是一种无论在何种场合提起来都不会觉得丢面子的、地地道道的羞愧。

而代用香烟中毒者甚至连这种感觉都没有。有的只是不彻底的自我厌恶之情。没有胆量去行穷凶极恶之事，只能犯些鸡毛蒜皮的小罪行，顶多算是小恶棍而已。胆怯懦弱，懒惰放荡，做什么都半途而废的窝囊男人。

但是，还是有"但是"的。我在电影中所演的，不正是那样一个人物吗？那种在哪里都找不到容身之所、偷偷摸摸活着的心情，我肯定是为了演绎这一角色才舍身体验代用香烟的。如果不那样想的话，当时的自己也就太可悲了。

还没等戒掉代用香烟，下一部作品《向日葵与幼犬的七天》就开拍了。

在这部影片中，我扮演一位无比爱护动物和家人的善良的父亲。虽然是善良的父亲，但我还是没能戒烟。那种愧疚感，像针扎一般不断刺痛我的心灵（啊，写到这里连文章都别扭起来）。

在摄像机镜头面前，我和狗儿互相摸摸蹭蹭，对我爱着的孩子们笑脸相迎。而一旦镜头停下，我就赶紧飞奔到吸烟点去，慌慌张张地点上一支烟。不，不是香烟，是假香烟哟，混账东西。像这样吸着假香烟的一个男人，却在冠冕堂皇地向孩子们传授着爱与生命的宝贵。当然，我并没有说什么不该说的话。不过，"我是那么高尚的人吗"，这种疑问并没有消失。自己像是隐瞒了什么，这种罪恶感挥之不去。说出来的话和真正做的事并不一致的郁闷心情。

不过，斗胆说一句，这个世界上能够称得上完美的人恐怕一个都没有吧。世界上并不是只有美好的事物。

生命诚可贵。但是我们很多人都在浪费生命。饭桌上剩下的肉直接就扔掉了，毫不珍惜。自杀和战争，不管到了什么时候都不会绝迹。

家人是无可替代、非常宝贵的。不过，家庭中并不是只有亲情。爱往往很容易变成恨。斤斤计较、恃宠而骄、嫉妒、压迫，家庭关系中掺杂着很多不纯洁的东西。

真正的成年人，不就是要能够承受得起那些矛盾吗？出现了龌龊的事情时不要回避，即使如此也不会丧失希望。被人说成狡猾也无所谓。即使撒谎也没关系。哪怕只让我吸上一支，不，哪怕只吸上一口代用香烟就好……

吸烟的习惯一直持续到了年底，在新年来临之际总算是结束了。现在回想起来还是有些难受，不过详细的情况却已经记不得了。在元旦那天饮酒过度，到第二天都还醉得厉害。到了次日还扭伤了腰，过得一塌糊涂。

自不必说，和收入本书中的其他文章中所写的一样，这场代用香烟骚动也没有留下任何教训。硬要说的话，只能想到一点："人啊，总是会找各种各样的借口。"还可以把这句话里的"人"替换成"演员"。即使身体是相同的，即使事实只有一个，附加在上面的意义却完全不同。通过香烟一事就可以说明一切。头脑是非常容易上当受骗的。不过，包括这些带有辩解色彩的行为在内，我通通称之为"角色塑造"。

谢谢大家对着这么漫无边际的文章坚持读到了最后，非常感谢！今后我打算继续如此，一边啰里啰唆地考虑着没头没脑的事情，一边好好表演。如果有机会，可能还会把那些不得要领的想法写成文字。如果新的文章有幸和您见面，还请继续多多关照！

附录：写作本书时出演的主要作品

2009 年

电视剧《官僚们的夏天》 7 ~ 9 月播出（TBS / 原著：城山三郎）

>>>p.10《味噌拉面》、p.35《健康》、p.114《热》

电影《南极料理人》 8 月公映（原著：西村淳　导演：冲田修一）

>>>p.25《香烟》

舞台剧《蛮幽鬼》 9 ~ 11 月上演

（剧团☆新感线 / 新桥演舞场、梅田艺术剧场 / 编剧：中岛一树　导演：渡部武彦）

>>>p.15《不成文的规矩》、p.25《香烟》、p.78《审视自己》

电影《库希欧大佐》 10 月公映（原著：吉田和正　导演：吉田大八）

>>>p.20《漫不经心的身材》

2010 年

电影《金色梦乡》 1 月公映（原著：伊坂幸太郎　导演：中村义洋）

>>>p.5《油炸豆腐》、p.35《健康》、p.40《德国》

电视纪录片《不为人知的"龙马传" 世纪英雄·坂本龙马 最大的谜团与秘密暗号》 5 月播出（富士电视台）

>>>p.47《慎藏与龙马》

电视剧《JOKER 不被原谅的搜查官》 7 ~ 9 月播出（富士电视台）

>>>p.63《吃》、p.73《读后感·续篇》

电影《武士的家计簿》 12 月公映（原著：矶田道史　导演：森田芳光）

>>>p.83《算盘与斗志》、p.88《舞台致辞》、p.172《重述获奖感言》

电视剧《人称假医生 冲绳最后的医疗辅助师》 12 月播出（读卖电视台）

>>>p.104《没问题吧，堺雅人》

2011 年

电影《太阳的遗产》 8 月公映（原著：浅田次郎　导演：佐佐部清）

>>>p.53《如履薄冰》、p.58《宫崎》、p.114《热》、p.150《军刀》、p.172《重述获奖感言》

电影《丈夫得了抑郁症》 10 月公映（原著：细川貂貂　导演：佐佐部清）

>>>p.93《愁苦汗颜》、p.98《喜怒哀乐》、p.156《家与哈姆雷特》、p.172《重述获奖感言》

电视剧《冢原卜传》 10～11 月播出（NHK BS Premium / 原著：津本阳　编剧：山本睦美、高山直也）

>>>p.139《含含糊糊的话语》、p.145《禅与密》

电视剧《南极大陆》 10～12 月播出（TBS / 原著：北村泰一）

>>>p.109《彼岸》、p.114《热》、p.119《我的视力很差》

2012 年

电视剧《LEGAL HIGH》 4～6 月播出（富士电视台 /

编剧：古泽良太）

>>>p.191《罪与恶》、p.197《记忆术》

电影《盗钥匙的方法》 9 月公映（导演：内田贤治）

>>>p.161《此次的方法》

电视剧《大奥～诞生～（有功·家光篇）》 10 ～ 12 月播出（TBS / 原著：吉永史）

>>>p.201《雨和卡拉马佐夫》、p.211《服装师》、p.216《共振》

电影《那夜的武士》 11 月公映（导演、编剧、原著：赤堀雅秋）

>>>p.231《悼念》

电影《大奥～永远～（右卫门佐·纲吉篇）》 12 月公映（原著：吉永史　导演：金子文纪）

>>>p.177《男女逆转》、p.182《善演的京都》

2013 年

电影《向日葵与幼犬的七天》 3 月公映（原著：山下由美　导演、编剧：平松惠美子）

>>>p.166《孤独的方言》、p.236《动物练习》

电视剧特别篇《LEGAL HIGH》 4 月播出（富士电视台 /
编剧：古泽良太）
>>>p.236《动物练习》